최 용 탁
유 정 주
한 제 희

나는
마흔이
좋다

나는 마흔이 좋다

지은이 | 한재희 외
엮은이 | 김선미

1판 1쇄 펴냄 2007년 4월 9일

펴낸이 | 노미영
펴낸곳 | 마고북스

등록 | 2002. 1. 8 제22-2083호
주소 | 서울시 서초구 서초동 1435-17 대홍빌딩 6층
전화 | 02-523-3123
팩스 | 02-523-3187
전자 우편 | magobooks@naver.com

ISBN 978-89-90496-32-4 03810

값은 뒤표지에 있습니다.

나는 마흔이 싫다

한재희

유채림

유창주

홍창욱

김성희

박성용

최용탁

mago books

마고북스

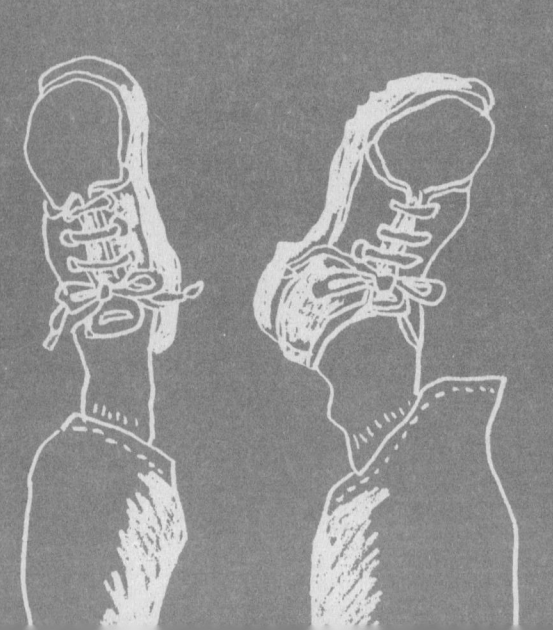

남자, 마흔이 궁금하다

> " 염전이 있던 곳 / 나는 마흔 살 / 늦가을 평상에 앉아 / 바다로 가는 길의 끝에다 /
> 지그시 힘을 준다 / … / 북북서진하는 기러기 떼를 세어 보는데 / 젖은 눈에서 눈물
> 떨어진다 / … / 나는 마흔 살 / 옛날은 가는 게 아니고 / 이렇게 자꾸 오는 것이었다 "
> - 이문재의 〈마흔 살〉 중에서

　이문재 시인은 〈마흔 살〉이란 자신의 시를 두고 "돌아보면 아득하고 내
다보면 캄캄하다. 평균수명 100세 시대 운운하는 시대에 40세 앞에서 이
같은 감상을 갖는 일은 남우세스럽다"고 했다.

　남자 마흔. 건강한 사람이라면 특별히 노력하지 않아도 자연스럽게 찾
아오는 나이를 두고 유세를 떨 이유가 무엇일까 생각할 수도 있다. 흔히
서른다섯 살에 세상을 떠난 모차르트를 두고 요절한 천재라고 표현하지
만, 알고 보면 그는 당대의 평균수명을 다 누린 것이라고 한다. 그렇다고
마흔 살이 누구에게나 주어진 공평한 선물은 아닐 것이다. 서른도 못 넘
긴 작가 이상이나 '서른 즈음에'를 애절하게 부르던 가수 김광석의 인생
에선 꿈조차 허락되지 않는 나이 아닌가.

　그런 남자 마흔이 궁금하다고? 남자는 마흔 살이 되면 갑자기 무엇이
달라지기라도 하는 걸까.

　우선은, 사십 년 이상을 써 온 남자들의 몸뚱이란 분명 그 자체로 많은

사유의 대상임이 틀림없다. 평균수명의 절반이 넘는 세월 동안 알뜰하게 사용한 '육체' 곳곳에서 하나 둘 미세한 오작동들이 나타날 무렵, 그에 대한 반작용으로 퍼뜩 '정신' 이 드는 나이가 마흔이다. 그래서 마흔 즈음 몸에 나타나는 크고 작은 징후들은 오히려 자신을 깊이 들여다보게 만드는 새로운 '공부' 인지도 모른다.

"… 술과 담배, 불규칙한 생활, 일로 인한 스트레스 등이 치조골을 약화시키면서 잇몸에 염증을 일으키고 급기야 이를 쓰러뜨리기 시작한" 사태를 맞은 사내는 거울에 비친 자신의 모습을 보며 말한다. "거울에 비친 '앞니 빠진 사십 대 남자' 는 영락없는 '영구' 다. … 큰 맘 먹고 치과에 드나들며 빠져나간 'ㄴ' 의 빈 공간을 인공치아로 채웠다. 그 이물감과 낯설음이란 이루 형언할 수가 없었다. 내 나이를 이런 식으로 실감하게 될 줄이야!"

면사무소 직원 앞에서 서류를 쓰다가 제 이름 속 한자가 떠오르지 않아 당황한 나머지 슬그머니 집으로 돌아와버린 사내도 있다. 그는 그 이후 치매 예방을 위해 느닷없이 수학 공부를 시작한다. 이제는 위대한 수학자들도 풀지 못한 수학사의 난제들을 끄적이는 일로 삶의 무료함을 달랠 정도가 되었다.

그러나 반쯤 쓰고 남은 몸뚱이가 그렇게 절망적이지만은 않다. 아직 평균 용량의 절반이나 남은 시간들은 여전히 '희망' 이기 때문이다. 그래서 아내와 한 달 이상 떨어져 지내는 동안 한 번도 성욕이 일지 않는 자신에 대해 화들짝 놀라다가도 뒤늦게 시작한 새로운 일을 '섹스보다 은밀한 황홀을 선사하는 또 하나의 반려' 로 만나기도 한다.

펜 혹이 달린 손이 코딱지만 한 텃밭 농사에도 물집으로 부풀어오르는 것을 들여다보며 '평생 손으로 먹고 살겠다' 던 오래 전 점쟁이의 말을 되새겨보는 다른 사내는 "아직 노인의 손처럼 주름이 가득하지는 않을지언정 40여 년 수고한 흔적이 역력하다. 앞으로 수십 년, 이 손은 또 어떤 가슴 떨리는 순간들을 맞게 될 것인지, 생각하면 여전히 가슴이 뛰고 손에 땀이 쥐어지곤 한다"고 고백한다. 또 다른 사내는 출퇴근길 지하철에서 이어폰 밖으로 새어나오는 '젊은 것들'의 째지는 음악 소리를 견디기 힘들어하면서 자신의 '느린 귀'는 오히려 '눈의 독선에 미혹되지 않는 겸허함'이라고 위안하기도 한다.

《나는 마흔이 좋다》는 이렇게 40년 넘게 써온 자기 몸의 기관들로부터 출발해, 일상생활과 가족 그리고 사회적 관계와 미래에 대해 속내를 털어놓은 남자들의 이야기다. 모두가 1960년대에 태어나 80년대에 청년기를 보내고 2000년대에 인생의 사십 대로 진입한 사람들이다. 그 중 한 사내는 자신의 나이를 이렇게 말한다. "뜻대로 되는 것도 없고 그렇다고 소소한 일상에서 크게 불편함을 느낄 만큼 안 되는 것도 없는 나이. 옛 선인은 '불혹'이라고 했지만 끊임없는 여러 '미혹'에 흔들리고 시달리는 나이. 그러다가 기회가 오면 그리스 신화 속의 에릭직톤처럼 탐욕과 소유욕을 드러내는 나이. 50대와 30대 사이에 끼어 큰어른도 아니고 청년도 아닌 나이."

또 다른 누군가는 쓸쓸한 시 속에 등장하는 '망가진 사내'와 자신을 동일시하기도 한다. "나 때로 한밤중 고속도로 갓길 같은 곳에 차를 세워놓고, 술을 마시고 홀로 잠들기도 하였다 / 돌이킬 수 없이 달려온, 또 살기 위해 달려갈 / 길 위에서, 길을 잃으며 / 저를 찾고 있는 / 망가진 사내 하나를 보았다 – 박영근의 〈겨울비〉 중에서"

이들에게 '세상일에 정신을 빼앗겨 갈팡질팡하거나 판단을 흐리는 일이 없게 되었다(四十而不惑)'는 이야기는 기원전 중국의 귀신이 씻나락을 까먹으며 하는 한가한 소리로밖에 들리지 않는다. 공자와 달리 오늘의 평범한 사십 대는 수많은 유혹에 흔들리고 또 무너지고 있지 않은가.

싫든 좋든 인생 전반에 대한 재정립을 요구받는 나이, 그래서 남자의 40 대는 사춘기 이후 가장 심한 '나이 몸살'을 앓는 시기인지도 모른다. 제 몸으로 낳은 아이가 바깥세상을 향해 발돋움할 나이가 되면 남자도 비로 소 부모로서, 남편으로서, 자식으로서 또 오롯이 자기 자신으로서의 자아 를 들여다보게 되는 것 아닐까.

이 나라에서는 마흔이 넘어야 대통령이 될 수 있다. 그러나 오늘을 사 는 사십 대들은 정치판에서는 아직도 젖비린내 나는 어린애이고, 직장에 서는 한창 나이에 은퇴를 두려워해야 하는 예비 실업군이고, 커가는 아이 들 등쌀에 통장 잔고가 무섭고, 뭐든 인생의 마지막 배팅을 해야 한다는 강박에 시달린다.

시장에서는 그런 '마흔 살의 불안'이 좋은 먹잇감이다. '인생 2막 마지 막 반전의 기회'라는 슬로건으로 지금 당장 이런 것들을 실천하지 않으면 미래는 없다고 아예 협박까지 한다. '남자가 40대에 꼭 해야 할……'이란 명제들 대부분은 불확실한 미래를 위해 오늘을 저당잡히라는 요구처럼 들리기도 한다. 그러나 《나는 마흔이 좋다》는 이렇게 상품이나 뉴스로 소 비되는, 대상화된 사십 대들의 겉모습 '그 너머'가 궁금했다. 그냥 남편이 자 친구이고 선배이자 후배인, 바로 곁에 있는 남자들의 내면의 목소리가 듣고 싶었다.

우리가 초경이나 몽정 같은 사춘기의 징후들이 나만 앓고 있는 '질병' 이 아니라 자연스러운 성장의 과정이란 것을 깨닫는 것은 나와 다른 줄 알았던 친구들의 비슷한 경험으로부터 용기를 얻기 때문일 것이다. 일곱 명의 남자들이 먼저 자기 이야기를 꺼내놓은 이유도 그와 같다. 다음은 그 궁금증에 어렵게 답해준 남자들이다.

한재희

1960년 충남 온양에서 할아버지 제사 준비 중 태어난 덕에 어릴 때부터 제사상을 거한 생일상으로 받아먹었다. 대학 졸업 후 광고회사에서 10여 년, 외국계 회사 마케팅 책임자로 3년을 꽤 고소득 봉급쟁이로 살았다. 이후 작은 광고회사를 직접 차렸고, 집 근처에서 카페도 운영해보았지만 별 재미를 보지 못한 채 접었고, 최근 프랜차이즈 미용실을 열었다. 모두가 마흔 넘어 시작한 일들이라 더듬어보면 참으로 인생은 알 수 없는 것이구나 싶다. 현재 서울 송파에서 중학교 교사인 아내와 고등학교 1학년, 중학교 2학년인 두 딸과 살고 있다. 딸들을 학원에 보내지 않고 핸드폰도 사주지 않고 키우는 것에 자부심을 느끼며 산다.

유채림

1960년 인천시 간석동 자갈산 아래에서 5남매의 장남으로 태어났다. 서울올림픽으로 정신없던 쌍팔년도에 공주 화봉리에서 올라온 안종녀와 결혼해 두 아들을 두었다. 대학 졸업 후 4년여 동안 출판사에서 일했으나, 언제까지 남의 글이나 다듬고 있나 싶어 어느 날 졸지에 때려치우고 글을 쓰기 시작했다. 1989년 데뷔 이래 2006년 여름에 내놓은 《금강산, 최후의 환쟁이》까지 '겨우' 다섯 권의 장편소설을 냈다. 먹고살기 힘들어 꼭 무슨 일인가를 하면서 소설을 써야 했기 때문에 '겨우' 다. 그의 아내도 2호선 홍대입구역 근처에다 '두리반'이라는 이름의 한식당을 차려놓고, 서울로 이사할 때 진 빚을 갚고 있다.

유채림

유창주

1963년 부산에서 태어났고, 지금은 경기도 군포에서 아내, 아들 하나와 살고 있다. 청년 시절 노동과 문화운동을 비롯해서 잡지사 기자, 미술평론, 영화미술 기획 등 여러 밥벌이를 전전했다. 독일 카셀대학에서 주최한 국제미술심포지엄에 미술평론이 당선된 것을 계기로 독일에 체류하기도 했다. 30대 후반부터 참여연대 문화사업국장, 아름다운재단 사무처장으로 일했다. 현재는 희망제작소 기획실장으로 근무하고 있다. 인생의 마지막 직업으로 사진가를 꿈꾸며 틈틈이 고단한 일상에 카메라를 들이대는 것으로 위안을 찾고 있다.

홍창욱

1964년 서울에서 태어나 서울에서만 30년을 살다가 지금은 고양시 일산에 살고 있다. 원래 대학에서 화학공학을 전공했으나 탈춤과 영화에 미쳐 살다 보니 딴따라의 길로 들어섰다. 1990년 '삼성'에 입사했을 때까지만 해도 소위 우

유창주

남자,
마흔이 궁금하다

리 사회의 엘리트 코스를 차례로 밟아왔다. 그러나 매일 아침 회의하는데 '회의'를 느껴 결국 교육방송으로 자리를 옮겨 자연 다큐멘터리를 만들다가, 드라마를 하고 싶은 욕망과 높은 보수에 혹해 SBS로 왔다. 처음엔 '한밤의 TV연예'라는 오락 프로그램을 맡았다가 다행히 드라마제작부로 자리를 옮겼다. 언젠가는 한 번 히트 치는 드라마 한 편 해보리라는 꿈을 꾸며, 마흔 너머 늦둥이로 얻은 고명딸이자 셋째에게 푹 빠져 지내고 있다.

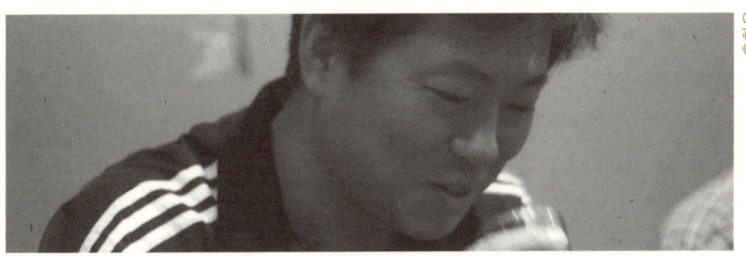

김성희

1964년 서울 돈암동에서 6남매 중 막내로 태어났다. 같은 과 동아리 후배인 아내와 1993년 결혼해 두 딸의 아빠가 되었다. 남들이 안정된 직장으로 생각하는 대기업 홍보실과 국가기구에서 일한 바 있으나 오래 견디지 못하고 뛰쳐나왔다. 삼십 대 중반 이후 주로 시민운동단체 활동가로 일해왔다. 1998년 나고 자란 서울에서도 '뛰쳐나와' 경기도 광주 산골마을에 둥지를 틀었다. 현재 (사) 한살림의 모심과살림연구소 사무국장으로 일하고 있다. 텃밭이 달린 시

골집과 서울의 일터까지 왕복 네 시간 130킬로미터를 출퇴근하는 일이 그의 지향과 현실 사이의 딜레마다.

박성용

1964년 서울 대방동에서 2남 6녀 중 막내로 태어났다. 시를 쓰고 싶어 원하는 대학에 갔지만 주당들이 많았던 탓에 강의실보다는 학교 앞 술집들을 전전한 시간이 더 많았다. 가까스로 대학을 졸업하고는 대기업 홍보실에서 일했다. 이때 다른 회사 홍보실에서 근무하던 아내를 만나 3년 만에 결혼, 여덟 살 난 딸을 하나 두고 있다. 야심차게 준비한 사업기획안이 퇴짜를 맞자 호기롭게 사표를 냈지만 불과 6개월 뒤 IMF가 터져 2년 가까이 반백수로 지냈다. 그 뒤 벤처기업에서 잠깐 일하다가 더 늦기 전에 좋아하는 산과 관련된 일을 하고 싶어 월간 〈MOUNTAIN〉에 입사, 현재 편집부장으로 있다. 음악과 산, 술 그리고 시를 가까이 하는 삶을 꿈꾸고 있다.

최용탁

1965년 지금은 충주댐으로 수몰된 충북 중원군의 산골마을에서 태어났다. 1987년 부모님과 함께 미국으로 이민을 떠나 뉴욕에서 잡화상, 야채가게, 옷가게 등을 했다. 1993년 보름 일정으로 일시 귀국해서 풋풋한 소년 시절의 연인이었던 두 살 아래 유승옥과 결혼하고는 첫딸을 얻은 후 귀국을 결심했다. 1995년 영구 귀국해 충주시 산척면에 정착한 뒤로 둘째 딸과 아들 하나를 더

얻었다. 과수원과 논농사를 지으며 자급자족하는 삶을 추구하고 있다. 농사일
틈틈이 동화나 소설 등을 써왔는데 그렇게 쓴 소설 〈단풍 열 끗〉이 2006년 전
태일문학상을 안겨주었다. 마흔두 살 때의 일이다.

엮은이 김선미는 마흔을 눈앞에 두고 있으며 40대 남편과 산다. 이 책에 글을 쓴 일곱
남자들과 이런저런 관계로 엮여 있다. 최근에 《아이들은 길 위에서 자란다》, 《산에 올라
세상을 읽다》를 냈다.

차례

1

몸에
대한
명상

"나무의 가지가 아래로 처진 것은 수령이 많은 나무이다.
나무도 나이가 차면 나뭇가지가 기운차게 뻗어 올라가지
못하고 처질 수밖에 없는 것이 자연의 이치가 아니겠는가."
어느 도편수가 말했듯 나도 이제 가지가 처지고 둘레가
굵어질 나이가 되었다.

눈은 왜 두 개일까 한재희

40대도 이미 후반에 접어든 지금 생각해보면 나의 마흔 살은 마치 어떤 고약한 운명이 오래 기다려주기라도 했다는 듯이 내게서 소중한 것들을 빼앗아가는 것으로 그 막이 올랐다.

어머니께서 췌장암으로 돌아가신 게 서러운 시작이었다. 속이 좋지 않은지 자꾸 설사를 하신다는 어머니를 모시고 종합병원에 갔더니 담당 의사는 몇 번의 검사를 거친 후 아무래도 췌장암인 것 같다, 아마 오래 사시지는 못할 듯하다, 라고 차분하게 설명했다. 그래도 나는 해외 출장을 가야 했다. 회의 자료를 검토하면서도 진단서에서 흘낏 본 'Pancreatic cancer' 라는 단어가 머릿속을 맴돌았다. 호텔 방에서 샤워기를 틀어놓고 할 수 있는 게 아무것도 없다는 막막함에 한참을 울었던 기억이 아직도 생생하다. 어머니께서는 반년을 채 못 사시고 먼 길을 떠나셨다.

다음해에는 아버지께서 돌아가셨다. 나는 아버지와 끝내 화해하지 못했고, 아버지께서는 며느리의 병간호를 마지막 효도로 아시고 힘없이 가셨다.

그 다음해에는 장인어른께서 오랜 암 투병 끝에 세상을 뜨셨다. 험한 세상에서 유일하게 의지할 상대였던 남편을 잃고 병원 복도에 쓰러져 우시던 장모님의 모습도 어제 일인 듯하다. 직장에 다니던 아내는 나중에는 어른들의 부고를 직장에 알리기도 곤란하더라고 했다.

그사이에 내가 직장을 놓아버리는 일이 벌어졌다. 벌써 여러 해 전이지만 나는 이른바 억대 연봉을 받으며 봉급쟁이 생활을 하고 있었다. 월급이 아닌 주급으로 임금을 주는 외국계 회사여서 매주 금요일마다 입금되던 꽤 많은 돈이 우리 부부를 즐겁게 해주었던 기억이 난다. 그랬는데, 외국인 사장과도 잘 지내던 내가 끝내 그 직장과는 화목하지 못했고 미련도 대책도 없이 회사를 그만둔 것이다(그 이후로 아직까지는 그 연봉에 턱도 없는 수입만 올리고 있을 뿐이다).

내 나이 겨우 40대 초반이었던 당시만 해도 부모님을 일찍 여읜다든지 혹은 내가 실업의 대낮을 어슬렁거리게 될 줄은 미처 몰랐었다. 그런 와중에 마지막으로 쐐기를 박는 듯한 일이 또 일어났다.

오른쪽 눈에 가벼운 눈병이 났다. 집 근처 안과에 가보니 며칠 치료를 받아야 한다고 했다. 그 며칠이 일주일이 되고 열흘이 넘어서야 의사는

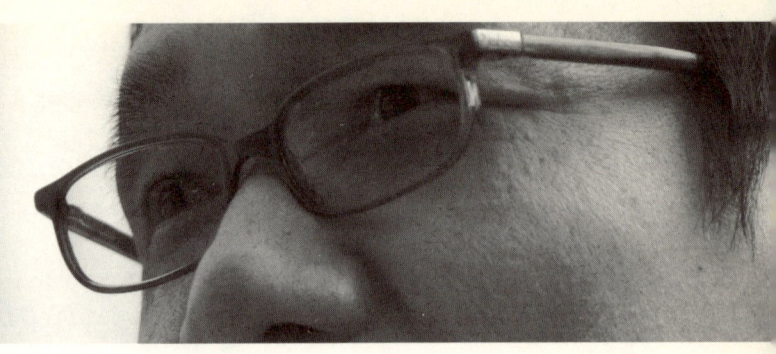

포도막염 같은데 치료가 잘 안 되니 큰 병원에 가보는 게 좋겠다며 소견서라는 것을 손에 쥐어주었다. '역시 동네 병원 의사는 돌팔이야. 진작 기권하고 큰 병원에 양보했으면 내가 이렇게 고생하지 않아도 되었을 것을.' 나는 속으로 투덜댔다.

종합병원은 역시 달랐다. 드나드는 사람들 수가 그랬고 시설 또한 어마어마했다. '이런 데서라면 말 그대로 며칠이면 깨끗하게 낫겠군.' 안심이 되었다. 하지만 채 30분도 지나지 않아서 나의 예상은 보기 좋게 깨지고 말았다. 큰 현미경 같은 기구를 통해 한참을 진찰하던 의사가 병세가 심각하니 지금 당장 입원 수속을 하라는 것이 아닌가. 의사가 전문용어를 쓰면서 내 병세가 얼마나 심각하고 위험한지 설명해주었지만 아무 기억도 나지 않았다. 단지 심각, 입원, 실명, 이런 단어들만 두서없이 들려왔을 뿐이다.

급하게 입원 수속을 한 후 나의 오른쪽 눈을 지키기 위한 길고도 지루

한 치료의 과정이 시작되었다. 아니, 의사의 표현을 빌리자면 오른쪽 눈을 치료한다기보다는 왼쪽 눈을 실명으로부터 지키기 위한 힘든 과정(오른쪽 눈은 자기들 멋대로 포기한 것 아닌가!)이 시작된 것이다.

실명! 그것도 어느 한 쪽 눈이 아니라 두 눈이 모두 실명될 수 있다고 했는데……. 두 눈이 실명된다는 것은 내가 장님이 된다는 말 아닌가? 하지만 공포는 오히려 다음 차례였다. 당장은 혼란스럽고 당황스러울 뿐이었다.

다음날 아침 주치의에게 들은 병명은 바이러스에 의한 급성망막괴사. 망막의 시신경이 괴사한다는, 그것도 아주 빠른 속도로 죽어간다는 병이었다. 주치의는 최선을 다하겠지만 한쪽 눈의 시력을 회복하는 것은 어려우며 왼쪽 눈으로 병이 옮겨가는 것을 막는 것이 더 시급하다고 말했다. 나도 담담하게 그 말을 받아들였다. 하루아침에 장님이 될 수도 있다는 말을 듣고 달리 무슨 반응을 보일 수 있겠는가? 오히려 첫날 의료보험 적용이 안 되는 1인실 입원비가 30만 원에 육박한다는 사실에 신경이 쓰였다.

그 첫해의 병원비를 합산해보니 무려 1,200만 원이 나왔다. 의료보험이 다 적용된 금액이었으니 엄청난 금액인 셈이다. 그 뒤로 입원, 수술, 퇴원의 수순이 대여섯 번은 되풀이되었고 그 결과는 정확히 의사가 말한 대로였으니, 나는 겨우 왼쪽 눈의 시력을 건졌을 뿐이다.

어쩔 수 없이 생각이 많아졌다. 왜 나일까? 왜 나에게 이런 예기치 못한 일이 생긴 것일까? 왜 그것이 하필 눈일까? 보기에는 흉해도 팔이나 다리 불구가 차라리 나은 것은 아닐까? 무엇보다도 과연 완치된 것일까 하는 두려움이 가장 컸다. 당시에는 그 누구에게도 털어놓을 수 없는 두려움이었다.

고독한 시간이었다. 한동안 나는 식구들이 모두 잠든 시간에 거실에 홀로 앉아 왼쪽, 오른쪽 눈을 번갈아 가려가며 한쪽 눈이 안 보인다는 게 어떤 것인지 시험해보곤 했다.

우리의 신체기관 중에 두 개씩 짝이 지어져 있는 것은 아마도 하나가 탈이 나면 나머지 하나가 보완해주고 또 정 못 쓰게 되면 대체해서 쓰라는 여분의 성격이 큰 것 같다. 그 여분이 겨우 나이 40에 없어진 것이다.

많이 들어본 얘기 하나가 생각났다. 반쯤 차 있는 술병 얘기 말이다. 한쪽 눈이라도 무사하여 사는 데는 큰 지장이 없다고 하니 불행 중 다행이 아닌가 하는 생각이 그 하나였고, 두 번째는 돌아가신 어머니와 관련된 생각이었다. 그 어머니가 어떤 어머니인가? 당신 평생을 하나밖에 없는 못난 아들 키우시고 건사하시느라 남보다 몇 갑절 고생하신 눈물의 어머니가 아닌가? 만약 그 어머니께서 아들이 한쪽 눈을 잃고 평생을 살아가야 한다는 것을 아셨으면 얼마나 애달파하셨을까? 그보다 더한 불효가 있을까 생각하니 어머니 살아생전에 이런 일을 겪지 않은 게 다행이다 싶었다.

남자에게 40대는 신체적, 정서적 그리고 사회적으로 많은 변화와 맞부딪치는 시기라고들 한다. 나 역시 그 40대를 결코 쉽게 넘어가고 있다고 할 수는 없다. 나에게 벌어진 작지 않은 사건들이 느닷없이 일시에 닥쳐왔다는, 그래서 좀 억울하다는 생각이 들기도 했지만 이제 시간이 흘러 마음이 조금 가라앉게 되니 왜 나에게 그런 일들이 한꺼번에 밀어닥쳤는지 정리할 수 있는 여유가 생긴 듯하다. 나이 들면서 세상은 자로 잰 듯 공평하지 않다는 것, 인과관계는 더더욱 명확하지 않다는 것 그리고 그 어떤 일도 나에게 벌어질 수 있다는 것을 받아들이게 되었다고나 할까. 그리고 이런저런 불평 속에서도 세상은 제 갈 길로 무심하게 흘러가고 있음도 말이다. 바다는 모든 것을 다 받아들이므로 바다라 이름 지어졌듯이 나도 바다가 되어 받아들일 수밖에 없는 것 아니겠는가.

"나무의 가지가 아래로 처진 것은 수령이 많은 나무이다. 나무도 나이가 차면 나뭇가지가 기운차게 뻗어 올라가지 못하고 처질 수밖에 없는 것이 자연의 이치가 아니겠는가. 나무의 수고가 정지되면 그때부터 한 해 한 해 직경이 커진다. 가지가 처진 나무일수록 둘레가 굵은 것은 그런 까닭이다."

― 신응수의 《목수》 중에서

나도 이제 가지가 처지고 둘레가 굵어질 나이가 된 것이다.

김성회 손에 대한 기억 둘

기억 하나

나의 오른손을 가만히 내려다본다. 손에서는 아직 노화가 진행된 흔적을 발견할 수 없다. 스무 살 적 내 손의 모습을 기억하지 못하기 때문에 그렇게 착각하는 것일 수도 있다. 다만 몇 개의 상처가 흔적으로 남아 있는데 그 중에서도 새끼손가락 쪽 손등에 있는 1원짜리 동전만 한 흉터가 제일 크다.

1987년 봄, 살구꽃이 피던 무렵 나는 군대에 있었다. 부동자세로 줄지어 앉은 채 9시 저녁뉴스를 보고 나면 예의 욕설과 비명, 신음 속에서 점호를 치러야 했다. 거의 하루도 빠짐없이 중계되는 거리시위 뉴스 때문에 매타작은 더욱 빈번하게 어떤 광기에 사로잡힌 채 벌어지곤 했다.

제대가 얼마 남지 않은 선임병들은 언론이 선동하는 것처럼 학생들의 시위가 나라의 안보를 위협한다고 철석같이 믿었다. 시내에서 벌어지는 시위는 이적행위이고 따라서 군대에 있는 우리를 위협하는 일이라며 적개심을 표출했다. 대학에 다니다 입영한 이른바 '가방끈'들은 그들과 한통속일 게 분명하다는 추궁 속에 더욱 혹독한 매를 감당해야 했다. 이미 사단본부나 연대본부에서 거의 다 걸러지는 까닭에 말단 중대에는 대학을 다니다 입영한 병사들이 그다지 많지 않았다.

그날도 침상에 주먹을 쥐고 엎드려뻗친 지 족히 삼사십 분은 지났을 무렵 나는 흐르는 땀에 미끄러져 침상에 나뒹굴고 말았다. 그 순간 점호를 담당하던 주번하사가 침상 위로 뛰어오르며 군홧발로 얼굴을 걷어찼다. 본능적으로 손으로 막다가 군화 굽에 차였는지 손등이 찢어져 피가 흘렀다. 대충 걸레로 피를 닦아내고 참담한 마음으로 잠자리에 들었다가 새벽 보초를 섰을 것이다. 상처 난 손으로 식기를 닦고 내무반 물청소를 하고 장갑도 끼지 못한 채 땅을 파면서 상처는 몇 번이나 곪아 피고름을 짜내야 했다.

그 무렵의 어느 일요일, '종교행사' 참석자들을 실어 나르는 군단버스가 부대에 왔을 때 동갑내기 고참병이 나를 '천주교' 대열로 잡아끌었다. 같은 서울 출신에 동갑이라는 이유로 살갑게 대해주던 친구였다.

성당은 부대 밖 사향산 계곡에 있었다. 사실 절이든 성당이든 교회든 어디라도 상관없었다. 그곳에는 욕설이나 구타가 없었다. 오히려 커피나 과자를 얻어먹을 수도 있었다. 군종병들은 계급을 막론하고 우리가 아무렇게나 두들겨 맞는 군인이라는 사실을 잠시 잊게 할 만큼 친절했다.

그러나 성당에서 미사가 진행되는 동안 나는 그 고참병을 따라 사향산 계곡을 거슬러 올라갔다. 십여 분이나 올라갔을까, 신록이 번져가던 숲 속에 작은 암자가 그림처럼 들어앉아 있었고, 신통하게 점을 본다는 열일곱 살 어린 무당 연희가 그곳에 있었다. 연희는 마루에서 이불을 꿰매다가 우리를 맞아주었다. 어쩐 일인지 그날 우리는 흰 쌀밥에 산나물이 차려진 '사제밥'까지 얻어먹었다.

그날 연희는 나를 물끄러미 바라보면서 "아저씨는 손으로 먹고살아야겠어요" 이렇게 말했다. 나는 더께더께 앉은 때와 상처와 피고름으로 얼룩진 나의 처참한 손을 가만히 내려다보았다. 그 말을 듣는 기분은 묘했다. 머리나 정신으로 먹고사는 게 아니라 손으로 먹고산다는 말이 서운하기도 했고, 당시의 이념적 지향에 따라 나른한 인텔리가 아니라 노동하는 민중으로 살아갈 것이라는 말처럼 해석되기도 해 애써 안도하기도 했다.

기억 둘

오륙 년 전 네팔에 가본 적이 있다. 듣던 대로 그곳 주민들은 수저 대신 손으로 밥을 먹었다. 그들을 따라 '달밧'이라는 그들의 주식을 손으로 뭉쳐서 먹어보았다. 일행 중 누군가가 손은 가장 예민한 감각기관이라고 말했다. 맨손으로 밥을 먹으면 손의 예민한 촉감으로 밥의 찰기와 온도와 밥알의 감촉을 느끼고 그 뒤에는 코와 눈이 그리고 맨 마지막으로 혀와 이가 밥맛을 느낀다고 했다. 그러나 손이 촉수처럼 예민한 감각기관이라는 것을 우리가 일상에서 깨달을 기회는 그리 흔치 않다.

군에서 제대하고 1988년 가을, 학교로 돌아왔다. 복학생이었지만 나는 사람이 덜 된 채 학교로 돌아온 모양이었다. 거리에서는 대규모 가두집회 같은, 입대 전에는 꿈도 못 꾸던 일들이 하루가 멀다 하고 벌어졌고, 나는 1987년 6월의 현장에 부재했다는 콤플렉스를 만회하기라도 할 것처럼 그런 곳을 기웃거리고 있었다.

그 이듬해 봄, 지금은 아내가 된 그와 연애를 시작했다. 그는 불과 스물두 살 여린 풀잎 같은 나이였다. 주말을 끼고 2박 3일인가 우리가 함께 속해 있던 학습 서클에서 양수리 근방의 능내라는 마을로 '합숙훈련'을 갔다. 무슨 얘기를 했는지 기억에 남아 있는 것은 아무것도 없다. 아마도 집중심화학습이나 학내의 운동조직에 대한 점검 따위가 합숙의 과제였을 것이다. 왜 벚꽃이 만발한 강변에서 이십 대 초중반의 환장할 청춘인 우리들이 남들이 분석해놓은 정세를 되풀이해 말하거나 전술전략 따위에만 매달려야 했는지, 지금 생각하면 안쓰럽기만 하다.

선후배 사이였던 우리는 묘하게 얽히곤 하던 서로의 눈길을 몇 달째

외면하다가 그날 처음 손을 잡았다. 절벽에서 뛰어내릴 때의 심정이 그럴까. 두근거리는 가슴을 진정시키고 몇 번이나 마른침을 삼키다가 어둠 속에서 그의 손을 살며시 잡았다. 야멸치게 뿌리치면 어쩔 것인가, 거의 겁에 질린 상태로, 무엇에 홀린 듯 그의 가느다란 손가락을 잡았다. 잠시 침묵과 정지, 가늘게 느껴지는 떨림……. 얼마 뒤 그의 손이 나의 손을 다시 힘주어 되잡았다. 절로 가늘게 한숨이 새어나왔다.

연인이 된 지 얼마 지나지 않아 그는 나에게 18금 실반지를 선물해주었다. 한없이 경직되어 있던 나는 당시의 학내 분위기에 반지를 끼고 다니는 것은 상상하기도 어려웠을 뿐만 아니라 금기시되던 후배와의 연애를 공공연하게 알릴 수도 없었기에 그 선물이 '철없다'고 타박했다. 어린 그는 상처를 받았다.

부대 앞 암자에 살던 어린 무당 연희가 말한 것처럼 나는 대학을 마치고 정말로 안산공단에 가서 손으로 노동을 하며 먹고살아본 적도 있다. 아내도 대학을 졸업하면 내가 살던 공단 주변에 와서 함께 살기로 약속했었다. 그러나 곡절 끝에 나는 다시 서울로 돌아왔고 그 뒤로 굳이 손으로 밥을 벌어먹고 살았던 흔적을 찾자면 사무실에서 컴퓨터의 키보드를 두들긴 일 정도를 들 수 있을 것이다.

며칠 전 아내가 말했다. "내가 원래 좋아했던 손은 엑스레이 사진처럼 뼈대만 앙상한 손이었던 거 알아? 꼭 그런 손을 만나야겠다고 생각했는데 당신이 내 손을 잡았잖아. 당신 손은 내가 상상하던 것과는 전혀 딴판이었는데 이상해. 그 뒤로 당신을 만나면 언제나 손이 보이는 거야. 두툼하고 무뚝뚝해 보이는 손."

아내의 손을 처음 잡은 날로부터 오 년쯤 지난 뒤 큰아이를 얻었다. 내 손으로 처음 아이를 안았을 때 느껴지던 그 아스라한 무게가 나로 하여금 그 이전의 나와는 많이 다른 삶을 살게 했다. 어찌 되었든 나의 손은 일을 했고 그런 과정을 통해 아이들을 거의 제 어미만 하게 키웠다.

다시 나의 손을 내려다본다. 아직 노인의 손처럼 주름이 가득하지는 않을지언정 40여 년 수고한 흔적이 역력하다. 앞으로 수십 년, 이 손은 또 어떤 가슴 떨리는 순간들을 맞게 될 것인지, 생각하면 여전히 가슴이 뛰고 손에 땀이 쥐어지곤 한다.

손에 대한
기억 둘

홍창욱 # 혀는 알고 있다

1964년에 태어나 서울 변두리에서 20년을 살다가 대학에 입학했다. 최루탄으로 얼룩진 대학생활 중 군에 입대했다. 제대 후 돌멩이 대신 '바퀴벌레 22000'을 옆구리에 끼고 도서관에 열심히 드나든 결과 간신히 취직하여 사회생활을 시작했다. 흔히들 말하는 386세대의 전형이다.

과 커플인 아내와 1993년 결혼하여 아들 둘에 딸 하나 합계 셋!을 낳고 13년째 남들과 똑같이 티격태격 싸우며 잘살고 있다. 그동안 맞벌이를 하며 열심히 돈을 모아 요즘같이 집값이 폭등하는 시절에 다행히도 일산의 아파트 한 채를 깔고 앉아 있다.

반지하에서 30평대 아파트를 마련하기까지 정확히 여섯 번 이사했다. 내 집을 마련하고 처음으로 입주하던 날의 감흥은 지금도 잊을 수 없다. 돌이켜보면 어려움도 적지 않았으나 이젠 봄여름가을겨울의 노

30
31

래 '브라보 마이 라이프'를 흥얼거리며 도전과 용기보다는 보신과 약간의 비겁함을 자기합리화하는, 어찌 보면 변절한 386이 됐다. 미래에 대한 불안감을 떨쳐버릴 수는 없으나 과거에 비해 생활이 윤택해진 것은 사실이고 이 생활의 안정을 놓치고 싶지 않은 40대 남자가 지금 나의 자화상이다.

풍성해진 생활과 더불어 몸도 풍성해졌다. 20대 후반 67킬로그램이었던 몸에 정확히 13킬로그램이 붙어 80킬로그램을 꽉 채웠다. 늘어난 몸무게 때문에 허리와 무릎이 조금씩 아파오기 시작한 것도 몇 년 됐다. 신혼여행 때 입었던 29인치 바지는 엄두도 못 내고 33인치 바지도 꽉 끼게 입는다. 배가 불룩 나온 이른바 항아리형 체형에 목까지 살이 붙은 데다 머리에는 절반 이상 허옇게 서리가 앉았다. 한마디로 모든 신체기관이 퇴화하고 있는 것이다. 그런데 퇴화하기는커녕 유독 홀로 진화하는 신체부위가 있으니 바로 혀가 그렇다.

직업이 드라마 PD이다 보니 여기저기 촬영을 다니며 맛있는 집만 찾아다니게 된다. 그래서 그런지 신혼 초 서툰 솜씨로 차려내는 찌개 위주의 단조로운 식단에도 극찬을 늘어놓던 내가 요즘은 뭘 해줘도 시큰둥하니 반응이 없다며 아내가 타박을 준다. 입맛이 변한 건지 사랑이 변한 건지는 모르겠지만 모든 감각기관이 퇴화하고 있는 가운데 식욕과 미각만은 날로 좋아지고 있는 것이 분명한 것 같다.

이렇게 좋아진 혀가 김장철 즈음하여 집안에 말썽을 일으켰다.

혀는
알고 있다

"여보,
당신 입맛이 너무 높아져서 그래. 옛날엔 아무거나 해줘도 다 맛있다고 했잖아.
먹는 거에 집착하지도 않고 다른 관심사도 많았잖아.
근데 요즘은 왜 이렇게 음식 타박이나 하면서 날 괴롭히는 거야? 뱃살이나 빼!"
나는 아내의 치명타에 잠시 입을 다물지만……

우리 집에서 500미터 거리에 부모님께서 살고 계셔서 늘 연로하신 어머니께서 해주시는 김치를 받아먹고 살아왔다. 어머니의 김치 솜씨는 남다른 데가 있어서 사람들과 어울려 산행을 가면 맛있다며 이 사람 저 사람 집어가는 바람에 금방 동이 나곤 했다. 여름철엔 아삭아삭한 오이소박이와 양배추물김치, 열무김치, 나박김치가 떨어진 입맛을 돋워주고 겨울철엔 깊은 맛의 김장김치가 혀에 착착 감기니 여기저기 돌아다니며 김치 맛을 많이 본 촬영 스태프들도 감탄할 정도다.

그동안 아내와 나는 맞벌이를 핑계로 그 맛있는 김치를 늘 받아만 먹었지, 김치 담그실 때 제대로 도와드리지도 못했다. 시간이 없어서이기도 했지만 김치는 어머니께서 해주시는 어머니만의 고유한 음식이라는 생각에 감히 배워볼 엄두도 내지 않았다는 게 정직한 이야기겠다.

그러던 중 작년에 어머니께서 편찮으셔서 한 달간 김치를 사다 먹은 적이 있다. 농○, 하○○, 종○○ 김치 등 공장 김치의 특징은 처음엔 그냥저냥 먹을 만하지만 네댓새 지나면 이상하게 맛이 떨어지고 금방 물린다는 것이다. 익을수록 점점 맛이 깊어지는 어머니표 김치와는 천지 차이였다. 아내는 내 입맛이 너무 까다로워졌다며 사 먹는 김치도 먹을 만하다고 했지만 내 혀는 한두 번은 몰라도 계속 사 먹을 수는 없다고 나에게 가르쳐주었다. 이제 김치 담그는 법을 배워야 될 때가 온 것이다.

마침 그즈음에 아내가 직장을 그만둔 터라 발 빠르게 제안했다. 올해부터는 어머니께서 김치를 담그실 때 옆에서 도와드리며 하나하나 배우자고. 솔직히 연로하신 어머니께서 언제 돌아가실지 모르니 빨리 배워서 맛있는 김치를 계속 먹고 싶은 게 나의 욕심이다. 게다가 '애들도 할머니 김치를 이렇게 좋아하는데 이런 김치를 다시는 못 먹는다면 너무 아깝지 않느냐. 만약 김치 담그는 법을 제대로 배우지 않는다면 이건 우리 집안의 손실이며 훌륭한 전통을 잃어버리는 것이다. 그러니까 이건 나를 위해서가 아니라 애들을 위해서다' 등등의 그럴싸한 명분도 많았다.

그러나 아내는 완강했다. "요즘 누가 김치를 담가 먹어. 내 주변만 봐도 김치 담가 먹는 친구는 한 명도 없어. 다 친정이나 시댁에서 얻어먹거나 사 먹지. 된장과 고추장도 예전엔 담가 먹었지만 지금은 모두들 사 먹잖아. 김치도 그럴 거야" 등등의 대세론부터 "여보, 나도 바빠. 직장은 그만뒀지만 오후엔 학습지 교사로 일 나가잖아. 그리고 애들도 봐야지. 애들이 적기나 해? 셋이나 되잖아! 그뿐인가, 집안 살림도 해야지. 당신이 집안일을 많이 도와주는 것도 아니잖아" 등등의 개별사정론을 거쳐 "그러니까 김치를 사 먹게 되면 사 먹자! 좀 더 있으면 다양하고 맛있는 김치가 나올 거야! 그러니까 나 좀 괴롭히지 말아줘. 응~ 여보"의 호소형 마무리까지 철벽 같은 방어선을 쳤다. 대꾸할 말을 찾지 못한 나는 잠깐의 침묵 끝에 "그래, 그러면 내가 배우지 뭐. 난 맛있는 김치를 계속 먹고 싶단 말이야!"라며 어린아이처럼 투정을 부리고 졸라보았지만 아내는 꿈쩍도 하지 않았다.

하지만 여기서 포기할 수는 없는 일. 결과적으로 고자질한 꼴이 되고 말았지만 얼마 후 처가에 가서 여차여차해서 김치 담그는 법을 배우자고 했더니 이렇고 저렇게 반응하더라고 장모님께 말씀드린 후 "장모님 생각은 어떠십니까? 제 생각이 잘못된 겁니까?" 하고 여쭤보았다. 평소 늘 내 편을 들어주시던 장모님이라 믿는 구석이 있어 말씀드렸건만 이게 웬일, 장모님께서는 "자네 간이 배 밖으로 나왔구먼"이라고 웃으며 말씀하신다. "요즘 자네 나이 또래에 아내에게 바랄 걸 바라야지. 그리고 변하는 게 당연한 거 아니겠어."

실망해서 집으로 돌아오는 길에 그래도 떼쓰듯이 졸라대는 나를 보며 아내가 거꾸로 사정한다. "여보, 당신 입맛이 너무 높아져서 그래. 옛날엔 아무거나 해줘도 다 맛있다고 했잖아. 먹는 거에 집착하지도 않고 다른 관심사도 많았잖아. 근데 요즘은 왜 이렇게 음식 타박이나 하면서 날 괴롭히는 거야? 뱃살이나 빼!" 나는 아내의 치명타에 잠시 입을 다물지만 내가 배우는 한이 있더라도 어머니의 김치를 포기할 수는 없다는 결의를 다진다. 아내와 싸우더라도 어머니의 김치를 사수하라는 내 혀의 명령을 충실히 수행해야만 할 것 같기 때문이다.

그나저나 모든 감각기관이 퇴화하는데 왜 유독 혀만 예민해질까. 아니, 예민해질 뿐 아니라 간사하고 간교해지기까지 하는 것 같다. 어려운 일은 적당히 둘러대고 남이 좋아하는 이야기만 하고 정치적인 주제가 나오면 은근히 피하게 된다. 연기자를 섭외할 때도 이번 드라마에 출연하면 이런 메리트가 있고 연기 변신은 확실하며 대박이 날 것이라고 감언이설을 늘어놓은 끝에 "이 역은 당신이 아니면 누구도 소화하지 못합니다"라는 확실한 립 서비스도 잊지 않는다. 그러다가 퇴짜를 맞으면 다음 섭외 대상 배우에게 달려가서 말한다. "이 배역은 대한민국에서 당신밖에 할 수 없습니다. 당신 말고는 아무도 소화하지 못하니 꼭 좀 출연해주세요."

어느 인디언 추장이 백인들을 가리켜 두 갈래의 혀를 가진 인간이라고 했다던데 이러다 내 혀가 백 갈래 천 갈래 혀가 되는 건 아닌지 모르겠다. 커가는 아이들에게 거짓말이 제일 나쁜 것이라고 가르치며 다시 한번 마음을 다잡는다. 간교하지 않은, 정직한 한 갈래 혀를 되찾겠다고.

어쨌거나 김치는 우리 어머니 김치가 최고다!

내 머릿속 구절양장 최용탁

P형

오랜만입니다. 한 3년 전인가요? 정신적으로 매우 힘들던 때, 형에게 하소연 같은 편지를 쓴 이후, 이렇게 다시 글로 형을 부르는 것은 처음인 것 같습니다. 그때나 지금이나 나는 늘 제 앞가림도 변변히 하지 못하는 못난 아우입니다만, 형은 혀 한 번 차는 일 없이 참으로 무던히 그리고 알뜰히 나를 챙겨주십니다그려.

형과의 첫 만남이 십이 년 전이니, 내가 막 서른이 되던 해인가 봅니다. 새로운 사람을 만나 평생지우가 되기는 꽤 늦은 나이였지만, 형과의 만남은 넉넉히 그러하였습니다. 친형이 없는 내게 형은 때로는 몽니를 부리고 가당찮은 마음의 짐까지 떠안겨도 말없이 받아주는 너른 품 같은 사람이었습니다. 오늘도 그런 편지가 될지 모르겠습니다.

P형

　벌써 일 년쯤 되었나, 참으로 이상한 경험을 했습니다. 그날도 무언가 형과 상의할 일이 있어서 전화를 들었더랬습니다. 그런데 정말 까맣게 형의 이름과 전화번호가 생각나지 않는 거였습니다. 전화번호를 까먹는 거야 혹 그럴 수도 있겠지만, 형의 이름이 생각나지 않다니요. 기가 막힐 일이지만, 아무리 애를 써보아도 형의 쌍꺼풀 눈매와 이마의 주름만 떠오를 뿐 형의 이름은 마치 진한 먹으로 지워버린 듯 깜깜이었습니다. 오래지 않아 그 막막함 사이로 한 줄기 빛살처럼 기억이 돌아왔지만 그것은 당혹감을 넘어 두려움까지 느낀 경험이었습니다.

　사실은 그 얼마 전에도 비슷한 일이 있었습니다. 창피한 일이기도 하여 아무에게도 말하지 않았는데 이제 와 생각하니 내 머릿속에서 일어나고 있는 어떤 오작동의 첫 번째 신호였던 것 같습니다. 그날은 무언가 서류를 작성할 일이 있어 면사무소를 찾은 날이었습니다. 산업계 직원이 내준 서류의 첫머리를 써나가는데 내 이름자를 한자로 쓰는 칸이 있었습니다. 무심히 써나가는데 내 이름의 탁(鐸)자 쇠금 변을 쓰고 난 순간 거짓말처럼 펜이 딱 막히는 것이었습니다. 대체 쇠금 변 옆에 써넣어야 할 글자가 무엇인지 조금도 떠오르지 않았습니다. 그 뜻밖의 사태에 나는 몹시 당황했고 머릿속은 점점 더 오리무중이 되어갔지요. 직원이 앞에서 보고 있던 터라 우선 그 자리를 모면하고자 도장을 가지고 오지 않았다는 핑계를 대고 얼른 면사무소를 빠져나왔습니다. 전날 마신 술 탓이거나, 한글 전용을 지지하는 입장에서 한자를 수삼 년 동안

그런데요, P형.

이제 저에게도 소홀히 할 수 없고 신경 써야만 하는 건강의 문제가 생긴 것입니다.

제일 마지막까지 놓치고 싶지 않은 육체의 한 부분,

그것을 놓치는 순간 내 모든 생애가 무화하게 될 그것,

바로 내 사유와 영감과 애증의 원천인 머릿속,

사십 년 만에 조금씩 작동이 어긋나기 시작하는 뇌가 바로 그것입니다.

전혀 쓰지 않았기 때문이라고 애써 스스로를 위로하면서 말입니다.

그런 일들을 연거푸 겪으며 나는 처음으로 지난 사십 년 동안 내 존재 자체이면서 정신의 집이었던 나의 몸에 대해 곰곰 생각해보게 되었습니다. 다행히 그동안 육신의 어느 곳에서도 별다른 이상 없이 살아왔지만, 생각의 줄기는 자연스레 죽음에까지 이르게 되더군요. 그것은 어쩌면 마흔을 넘기고 난 후, 남은 시간이 점점 빠른 속도로 죽음을 향해 달려갈 것이라는 사실이 본능적으로 감지되었기 때문인지도 모르겠습니다.

운동이 건강을 지키는 최선의 비법이라는 흔한 선전에 대해 나는 꽤 큰 의심을 품고 있습니다. 운동이 건강을 유지하는 데 좋을 수는 있겠지만, 모든 육체적인 건강이 지고지선일까요? 그렇게 지킨 건강으로 그리 건강하지 않은 삶을 사는 사람들이 너무 많은 세상 아닙니까? 사실은 귀찮아서 어떤 운동도 하지 않는 나의 게으름에 대한 변명이지만, 어쨌든 나는 무릎관절 따위보다는 정신의 우위를, 단단한 가슴근육 대신 부드러운 마음의 우선권을 지지하는 전근대적 사유의 소유자임을 부끄럽게 여기지 않았습니다. 건강을 위한다고 각종 운동에 시간을 투자하는 사람들을 은근히 경멸하는 쪽이었지요.

그런데요, P형.

이제 저에게도 소홀히 할 수 없고 신경 써야만 하는 건강의 문제가 생긴 것입니다. 제일 마지막까지 놓치고 싶지 않은 육체의 한 부분, 그것

을 놓치는 순간 내 모든 생애가 무화(無化)하게 될 그것, 바로 내 사유와
영감과 애증의 원천인 머릿속, 사십 년 만에 조금씩 작동이 어긋나기
시작하는 뇌(腦)가 바로 그것입니다. 사소한 건망증 정도야 자연스레 받
아들이겠지만, 아예 가뭇없는 진공 상태가 되는 것은 그냥 넘어갈 문제
가 아니었습니다. 그 원인이야 어디에서 왔든지(남들보다 심하게 섭취하는 알
코올과 니코틴의 혐의가 짙지만, 불충분한 증거로 나의 오랜 벗들을 의심하고 싶지는 않군
요) 정신의 명료함을 훼방 놓는 뇌의 반란만은 도저히 허용할 수 없습니
다.

　많은 노인들이 죽음에 대한 공포보다 치매에 대한 두려움이 더 크다
고 하더군요. 나에게 찾아왔던 두 번의 순간이 훗날 치매로 연결될 수
있는 전조인지, 아니면 내가 알지 못하는 어떤 증상인지는 모르겠습니
다. 하여튼 그 경험은 나를 꽤 의기소침하게 했고 평소 내가 생각하던
삶의 방식에 중대한 영향을 미칠 수도 있겠다는 우려감을 자아내기에
충분했습니다.

　술좌석에서 형에게 한두 번 이야기하기도 했지만, 나는 언젠가 맞이
할 삶의 최종 단계, 그러니까 죽음에 대해서는 오래된 마음의 결정이
있습니다. 솔직함이 나쁘지 않다고 믿기 때문에 다시 한 번 고백하건
대, 나는 스스로의 의지로 끝내는 죽음의 방식이 가장 올바르고 바람직
하다고 생각합니다. 어떤 삶을 살았든 나의 삶을 최종적으로 긍정하는
방식은 자살이라는 것이 나의 오랜 신념입니다. 물론 형은 잘 알고 있
겠지만, 나는 충동적이고 나약한 의지의 소산으로서의 자살에는 가장

극렬한 반자살론자에게도 뒤지지 않을 만큼 반대합니다. 무엇보다 나는 삶이 반복되지 않는다는 것을 알고 있고 이 세상이, 어쨌든, 즐거운 쪽이니까요. 내가 하고 싶은 일을 계속할 능력을 잃었을 때, 생동하는 의지가 쇠약의 회색 눈동자로 변해갈 때, 그때 비로소 생자의 땅에서 행한 모든 것을 명징한 정신으로 마감하고 훌쩍 사자의 영토로 가겠다는 것이지요.

그런데 다름 아닌 나의 뇌에서 갑자기 몇 개의 볼트가 풀어져버린다면, 좌뇌 쪽의 전신주가 넘어져 온통 깜깜한 정전 사태가 온다면, 그러니까 내 의지로 자살할 수 없는 사태가 오는 것을 나는 가장 두려워합니다. 또한 그런 사태를 미연에 방지할 마땅한 수단이 없다는 것도 두려움을 가중시킵니다.

이런저런 궁리 끝에 어쩌면 나의 뇌 구조 중에 몹시 취약한 부분이 있지 않을까, 하는 생각에 이르게 되었습니다. 그렇다면 그 부분에 아령이나, 역기, 러닝머신 따위를 설치해보는 것은 어떨까. 내가 발견한 그 취약지구는 내가 한 번도 관심을 가져본 적이 없었기 때문에 극도로 퇴화된 곳이었는데 그것을 치유하는 방법은 늦었으나마 이제라도 그곳을 자극해주는 것이었습니다.

그것은 가장 위대한 학문 중 하나이면서도 내게는 목성 어름에 사는 사람들이나 골머리를 싸매는 것으로 여겨지던 수학이라는 분야였습니다. 우연히 접하게 된《페르마의 마지막 정리》라는 제목의 수학책이 나를 갑자기 수학에의 열정으로 이끌었습니다. 삼백 년 동안 그 누구도 풀지 못했던 수학사 최고의 난제를 풀어가는 과정을 그린 그 책은 우선 수학자들의 삶에 대한 성찰을 내게 주었지만 수학 문제 자체로도 대단한 흥미를 유발했습니다. 이후로 나는 거의 닥치는 대로 수학사와 수학자에 대한 책들을 탐독하는 한편, 유클리드 기하학에서 피타고라스의 정리, 방정식, 미적분의 풀이에 골몰하게 되었습니다(혹자는 그런 문제들을 중·고등학교 때 보았다고도 하고 심지어 풀어보기까지 했다는데 나로서는 믿기지 않는 이야기입니다). 우습게도 지금껏 풀리지 않는 수학사의 난제 중 난제들-케플러의 공 쌓기, 사색 지도 문제, 골드바흐의 추측 등-까지도 백지를 펴놓고 궁리하기도 했습니다. 얼굴이 화끈거리는 일입니다만, 그렇게 독학으로 수학에 빠져 있는 동안 예의 그 뇌의 오작동은 다시 나타나지 않았습니다.

　P형

　나는 내게 두 번 나타났던 뇌의 일시마비 상태를 좋은 징조로 받아들이기로 했습니다. 그 덕분에 순수하게 학문적(이라기엔 부끄러우니 탐구적이라고 해야겠습니다) 기쁨을 위해 수학과 새로이 만날 수 있었으니까요. 그리고 내 생애의 어쩌면 가장 중요한 과정일 죽음의 순간까지 맑은 정신을 샘솟게 해줄 내 머릿속의 구절양장에 대해 숙고의 시간을 갖게 해주었으니까요.

　앞으로도 나는 될 수 있는 한 이 세상과 위대한 정신에 대한 즐거운 탐색을 지속할 작정입니다. 그 분야는 아마도 내가 하는 일과는 직접적인 관련이 없는 자연과학 쪽이 될 것 같습니다. 여전히 지진아를 면치 못하고 있는 내 뇌의 어느 부분을 위해서라도 말이지요.

형, 날이 추워졌습니다.
요즘 내 방에는 장작불을 때고 화롯불도 담습니다. 아픈 허리 지지러 한번 오십시오. 봄에 담근 솔잎주가 그저 시렁에 얹혀 있습니다.

마흔이 되면 앞니가 빠진다고? 유창주

　중학교 일 학년 때 영어 선생님께서는 다른 단어는 몰라도 숫자는 쓸 수 있어야 하지 않겠느냐며 일주일에 걸쳐 단어시험을 보게 하셨다. 그런데 우리들이 가장 많이 틀리는 단어는 'forty(40)'였다. 모두들 'four(4)'에 익숙한 나머지 자꾸 'fourty'로 쓰는 것이었다. 어느 날 영어 선생님께서 드디어 해결책을 마련하셨다. 칠판에 'U'를 크게 쓰시더니, "이게 뭐같이 생겼냐? 앞니 같이 생겼지? 사십이 되면 늙어서 앞니가 빠진다고 생각해. 그래도 계속 fourty라고 쓰는 녀석들은 각오해라!" 하시며 오금을 박으셨다. 덕분에 지금까지도 'forty'만큼은 틀리지 않고 자신 있게 쓴다.

　그런데 사십이라는 나이가 정말 늙어서 앞니가 빠질 정도의 나이일까? 하긴 스트레스 때문에 삼십 대에 벌써 이가 빠지는 경우도 종종 보았다. 어쨌거나 무엇보다도 내 머릿속에 뚜렷이 박혀 있는 것은 '사십이면 앞니가 빠진다'는 영어 선생님의 말씀인데, 문제는 내가 벌써 그 나이를 넘어섰다는 사실이다.

사실 마흔에 앞니가 빠진다는 영어 선생님의 가르침은 우리에게 영어 철자를 각인시키기 위한 궁여지책일 뿐이었다. 그럼에도 공교롭게 마흔을 넘어서자 내 입 안에서 동고동락해온 벗들이 고통을 호소하며 무너지기 시작했고, 이와 잇몸의 그 같은 시위는 주인인 내게 이제 인생 전반부를 결산해볼 시점에 이르렀다는 사실을 고하는 것 같아서 절로 나를 긴장시켰다.

내 이보다 세상이 하 수상하던 20대 시절, 사랑니 때문에 통증이 심한데도 일주일을 버티다가 어머님의 손에 끌려 치과에 갔던 그때, 한여름 뜨거운 햇살은 인내심을 깡그리 앗아갈 정도로 아스팔트를 달구고 있었고, 어시장 가까이 위치한 치과 주변의 갖가지 풍경이 빚어내는 역겨운 냄새는 현기증까지 일으켰다.

파출소 못지않게 공포감을 불러일으키는 치과에 들어서자 모든 것이 얼어붙는 듯했다. "앉으세요!" 간호사의 목소리를 끝으로 의식이 가물가물해져버렸다. 통증을 빌미로 일주일간 이를 닦지 않았으니 얼마나 입내가 심했을까. 마스크를 쓴 간호사의 미간이 찌푸려지는 것을 보면서 눈을 감았다.

격렬했던 통증에 비해 수술은 짧게 끝났다. 주인을 잘못 만나 곪아터진 사랑니는 잇몸을 비집고 80년대의 터널 속을 빠져나왔다. 무식하면

용감하다더니 정말 그랬다. 나의 20대는 고집불통이었다. 이와 잇몸에 기대어 나의 가벼운 혀는 고집스럽게 사람들에게 상처를 주었다.

30대 중반까지만 해도 그들은 잠잠했다. 40대의 개막을 알리기 위한 그들의 모반을 나는 까맣게 모르고 있었다. 그도 그럴 것이 사랑니 발치 이후 10년간 한 번도 치과를 가지 않았으니 어디서 '구조적 문제'가 시작되고 있는지 알 길이 없었다.

나의 30대 후반은 틀에 박힌 직장생활에서 벗어나 시민사회단체에 둥지를 트는 것으로 시작되었다. 그런데 새로운 생활에 딴지를 걸듯 내이는 잇몸과 제멋대로 결별하기 시작했다. 의학적 원인 분석까지 들먹일 것도 없이 술과 담배, 불규칙한 생활, 일로 인한 스트레스 등이 치조골을 약화시키면서 잇몸에 염증을 일으키고 급기야 이를 쓰러뜨리기 시작한 것이다.

이가 하나 둘 이탈하는 동안 나는 치과를 찾는 대신 게으름을 무기 삼아 자학을 하기 시작했다. 카메라 몇 대를 들고 서울역 주변과 산동네 골목길에서 어슬렁거리며 사람 사는 풍경을 담는 것으로 통증을 참기를 몇 개월, 결정적으로 앞니가 흔들리면서 나의 게으름은 종지부를 찍게 되었다. 마흔이 되면 앞니가 빠진다는 영어 선생님의 '예언'에 투항하고 만 셈이다.

치과 의사는 나의 오랜 인내의 과정을 추측하며 고개를 설레설레 저었다. 미련한 인내와 게으름의 대가는 컸다. 전세 보증금에 육박하는 견적에 나는 아연실색했다.

거울에 비친 '앞니 빠진 사십 대 남자'는 영락없는 '영구'다. 이 모습을 내 자화상으로 굳힐 수는 없었다. 큰 맘 먹고 치과에 드나들며 빠져나간 'U'의 빈 공간을 인공치아로 채웠다. 그 이물감과 낯설음이란 이루 형언할 수가 없었다. 내 나이를 이런 식으로 실감하게 될 줄이야!

치과를 드나들며 내겐 인생 후반부에 대한 경각심이 생겼다. 엉성하고 불완전한 내 인생을 보수공사하기라도 하듯 치과에 누워 입을 벌리고 있을 때 머릿속에 온갖 생각들이 스쳐 갔다. 아직은 불완전하고 군데군데 빈자리가 있는 내 인생의 모자이크를 거리를 두고 바라보는 순간, 앞으로의 항해는 이십 대의 열정만으로, 또 삼십 대의 야망만으로 계속될 수 없으리라는 깨달음이 가슴을 쳤다.

그러므로 이제 내가 직면한 사십 대의 '이와 잇몸의 현실'을 받아들이고자 한다. 아직은 젊은 척 오기에 매달려볼 수도 있는 나이지만 의미 없는 낭비일 가능성이 클 터, 보다 더 멀리 바라볼 수 있게 해준 몸의 경고에 감사하며 다시금 키를 맞추고 돛을 올리는 양손에 힘을 모은다.

위대한 발은 다 못생겼다 박성용

요즘 들어 내 몸의 여러 신체기관들이 새삼 대견하다고 생각할 때가 종종 있다. 40여 년 살면서 쉴 새 없이 견마지로를 다하는 이 녀석들이 큰 고장을 일으키거나 중대한 결함을 드러내 불현듯 목숨에 지장을 주거나 아니면 병원에 목돈을 갖다 바칠 만큼 비실대지 않는다는 게 고맙고도 기특하다. 하지만 가지 많은 나무에 바람 잘 날 없다고, 이들 중에 일찌감치 약관의 나이에 부실해진 녀석이 있으니, 나의 가엾은 두 발이다.

내 발은 평발에 가깝다. 다시 말하면 어느 날 갑자기 추락 한 번으로 멀쩡하던 발이 평발로 구조조정된 셈이다.

지금으로부터 17년 전인 1990년 8월의 어느 여름날, 나는 후배들과 학생회관 총학생회 사무실 앞의 넓은 테라스에서 족구를 하고 있었다. 그 무렵 총학생회장은 통일선봉대에 참가해 전국을 행진하고 있었고,

나를 비롯한 몇몇 간부들은 학교에 남아서 총학생회 사무실을 지키고 있었다. 학교 밖의 세상은 통일운동의 열기로 연일 달아오르고 있었지만 학교 안은 태풍의 눈처럼 고요하다 못해 따분해 오후만 되면 족구를 했다. 젊디젊은 청춘들이 웃통을 벗고 반바지 차림으로 목청껏 소리 지르며 하오의 무료함을 달랬던 것이다.

하지만 주화입마(走火入魔)라고 했던가. 축구공에 너무 몰두한 나머지 마치 국가대표 선수나 된 듯한 사명감으로 몸을 던지는 투혼을 마다하지 않았던 게 문제였다. 난간 밖으로 튀어나가는 공을 잡으려다 그만 중심을 잃고 5미터 아래 아스팔트 바닥으로 떨어지고 만 것이다.

결과는, 무척 아팠다. 아니 아프다 못해 뼈가 바깥세상을 구경하러 고개를 내밀었을 만큼 충격이 컸다. 그리고 내 두 발의 불행은 시작되었다.

나는 한여름에 입원해서 한겨울에 퇴원했다. 병원에선 일명 '보스 칼카니우스'로 통했다. 아침 회진 때마다 인턴이 내 두 발을 가리키며 과장에게 말했다. "보스 칼카니우스!" 양쪽 뒤꿈치 뼈가 부러졌다는 뜻이다.

장장 5개월 동안 용산의 모 대학병원 정형외과 병실에서 일명 '나이롱 환자' 노릇을 했다. 목숨에는 지장 없고 세월만 죽이는 환자라는 뜻의 은어다. 나는 두어 차례 수술실에 들어갔지만 뼈가 워낙 조각이 많이 나 있어 이어 붙이는 데는 번번이 실패했다. 담당 의사는 뼈들이 저

절로 붙을 때까지 기다리는 방법밖에 없다고 했다.

"선생님, 앞으로 어떻게 될 것 같습니까?"

의사는 잠시 머뭇거리더니 어렵게 입을 열었다.

"현재로선 목발 신세 반, 휠체어 신세 반일 가능성이 높네. 복불복이라고 생각하게."

그 말을 듣고도 별다른 느낌이 들지 않았다. 새삼 '내가 그렇게 심하게 다쳤나?' 하는 때늦은 자각이 고개를 들었을 뿐 하루아침에 장애인이 된다는 사실이 믿어지지 않았다. 집에서는 걱정이 태산 같았지만 이상하게도 나는 감정이 무딘 것인지, 철딱서니가 없는 놈인 것인지 이렇다 할 마음의 동요는 일어나지 않았다. '까짓것 목숨엔 지장 없으니 될 대로 돼라'는 심정이었던 것 같다.

다소 살 만해지자 쏘다니는 버릇이 다시 나왔다. 목뼈를 다쳐서 빡빡 머리 둘레에 핀을 박고 쇠로 된 둥근 지지대를 달고 다니는 이른바 '철인 28호' 환자들과 어울려 밤에는 몰래 술을 마시면서 퇴원 날짜만 기다렸다.

철인 28호들은 정형외과의 특이한 풍경 중 하나다. 이 환자들이 서너 명씩 몰려 있으면 면회객들에겐 진기한 구경거리가 된다. 어쩌다 신입 철인 28호가 오면 다들 반가워하다가도, 신입 환자가 너무 가까이 다가가 지지대끼리 부딪치기라도 하면 고참 환자는 재빨리 한 발 뒤로 물러서며 "어허, 조심해야지" 하고 주의를 주곤 했다. 철인 28호들이 가득

위대한 발은
다 못생겼다

지금도 날이 흐리거나 궂을 때면
내 두 발에는 묵직한 통증이 찾아온다.
이 발로 산악잡지사에서 일하며 산에 다니고
또 암·빙벽 전문등반을 하는 나를 보면 그때 그 의사는 어떤 표정을 지을까?
언젠가 신문에서 축구선수 박지성과 발레리나 강수진의 발을 봤을 때
아내와 딸아이를 향해 속으로 외쳤다.
'보라고! 위대한 발은 다 못생겼다고!'

탄 엘리베이터 안에서 어린아이가 끝내 울음을 터뜨리는 '사건'도 있었으니 그 광경 안 봐도 상상할 수 있으리.

정형외과 동지들의 축하를 받으며 퇴원한 나는 일주일 만에 목발을 집어던지고 이를 악물고 걸어 다녔다.

퇴원하던 무렵이 마침 성탄절을 앞둔 때여서 거리에는 활기가 넘쳐흘렀지만 해방감보다는 당혹감이 먼저 밀려들었다. 불과 5개월이지만 사회와 너무나 동떨어져버린 것이 아닌가 하는 두려운 마음이 밀려들었다. '복불복'이라 했던 의사의 말도 가슴을 파고들었다. 주변으로 시선을 돌려도 병원에서처럼 동병상련의 정을 나눌 사람들이 없었다.

그래서 걷기로 했다. 걷다 보면 재잘대는 거리와 도시의 소음이 친근해질 거라는 믿음에서였다. 처음엔 조금만 걸어도 어지럽고 발목이 아프고 밤에는 퉁퉁 부어올라 잠을 제대로 이루기도 어려웠다. 그래도 걸어 다녔다. 어떤 날은 맨정신으로는 고통을 참기 어려워 술을 마시고 걸었다. 그러면 한결 참을 만했다. 이렇게 걷고 또 걸은 결과, 봄이 되기도 전에 약간은 뛸 수 있을 정도로 다리에 힘이 붙었다. 집에서는 이런 나를 보며 성경에 나오는 '오병이어'의 기적을 목격한 듯한 표정을 짓곤 했다.

어디 그뿐이랴. 후배들은 다시 학교로 돌아온 나를 '코난'이라고 불렀다. 만화영화 '미래소년 코난'에 나오는 주인공처럼 높은 데서 '쿵' 하고 뛰어내려도 아무렇지도 않게 술 마시고 돌아다니며 여전히 참견

하는 내 몰골을 보고 아마 그런 별명을 붙였을 것이다. 그리고 대학을 졸업하고 직장에 다니고 또 3년 연애 끝에 결혼해서 딸 하나 낳고 어느덧 불혹의 나이가 되어 새삼 두 발을 보노라니 만감이 교차한다.

복사뼈가 주저앉고 전체 모양이 살짝 뒤틀어진 내 발을 볼 때마다 나는 '그놈 참 못생겼네' 하는 헛웃음과 함께 그해 여름 이후의 인생은 내게 덤이 아닌가 하는 생각이 든다. 그때 만약 잘못 떨어졌더라면 허리나 머리를 크게 다쳤을 텐데 다행히 군대에서 배운 착지 동작을 순간적으로 응용해 더 큰 화를 면했던 것이다.

지금도 날이 흐리거나 궂을 때면 내 두 발에는 묵직한 통증이 찾아온다. 죽을 때까지 내가 짊어지고 가야 할 업장이다. 하지만 이것도 의사가 예상하지 못한 '복불복'. 이 발로 산악잡지사에서 일하며 산에 다니고 또 암·빙벽 전문등반을 하는 나를 보면 그때 그 의사는 어떤 표정을 지을까? 언젠가 신문에서 축구선수 박지성과 발레리나 강수진의 발을 봤을 때 아내와 딸아이를 향해 속으로 외쳤다. '보라고! 위대한 발은 다 못생겼다고!'

귀는 느리다 　유·채림

　　우리네 신체에 문 달린 데가 있으니 귀를 두고 하는 말이다. 그 문은 특이하게도 큰가 작은가로 정도를 말하는 것이 아니라, 넓은가 좁은가로 그 주인의 품성을 말한다. 귀문이 넓으면 남의 말을 잘 받아들이되 헤픈 것이 흠이고, 귀문이 좁으면 남의 말을 담지 못하니 고집이 세되 쉽게 미혹되지 않는다는 장점이 있다. 그러나 귀라는 게 원래 이목구비(耳目口鼻) 중에서도 가장 보수적이라는 데 이의를 달지 않는다면, 귀문의 넓고 좁음과 상관없이 귀야말로 외부의 충격에 가장 느린 반응을 보이는 것임이 틀림없다. 이를 바꿔 말하면 귀는 기억의 소굴로, 과거에 대한 향수를 가장 오랫동안 간직한 채 좀처럼 새로운 것에 적응하지 못한다는 것이다.

　　일례로 외국어 학습만 봐도 그렇다. 눈에 보여 읽을 수 있게 되고, 문장을 외워 입속에서 제법 우물거릴 수 있게 되어도, 최종적으로는 들리지 않아 입 밖에 낼 수 없다고 아우성이다. 아예 본토에서 살아야 귓구멍이 열리니 마니 해가면서 미국으로, 일본으로, 중국으로 기러기처럼 훨훨 날아가는 판이다.

그런 귀의 느린 동화로 인해 한 차례 몹시 불쾌한 경험을 한 적이 있다. 이제는 겨우 견딜 만해졌으나, 서너 해 전만 해도 못 듣겠던 소리가 있었다. 이어폰 밖으로 흘러나오는, 1차 소리가 걸러진 째지는 듯한 빠른 음악소리가 그것이다. 정 듣고 싶으면 혼자 듣고 말 일이지, 왜 볼륨을 최대한 높여 지하철에서, 그것도 하필 내 옆에서 조용히 가고 있는 나를 뒤흔들어놓는가.

그날 나는 예의 음악소리에 고개를 돌렸다. 보스턴 레드삭스 로고가 새겨진 모자를 눌러 쓴 이십 대 청년이 거기 서 있었다. 소리를 줄여달라고 할까, 아예 꺼달라고 할까, 갈등을 겪으며 나는 두 정거장을 참았다. 나머지 정거장을 참고 갈 것인가, 말 것인가 망설이던 끝에 나는 청년의 팔을 가볍게 쳤다.

"소리 좀 줄여줄 수 있겠수?"

못 알아들었는지 그는 왜 그러느냐는 표정이었다. 나는 한 번 더 목적한 바를 말해야 했다. 그는 어떤 말도 하지 않았다. 뿐만 아니라 소리도 줄이지 않았고, 나를 피해 자리를 옮기지도 않았다. '남이야 밤송이에 머리를 박건 말건, 내 것 내가 듣겠다는데 별걸 다 신경 쓰고 그러네.' 그러는 것인지도 몰랐다.

부글부글 속이 끓어오르고 얼굴이 홧홧했으나, 나는 순전히 나를 위해서 견뎌냈다. 물론 그날 이후로도 무수히 많은 째지는 듯한 빠른 음악소리를 들어야 했다. 하지만 나는 결코 두 번 다시 입을 열지 않았다. 견디는 게 고통스러웠으나 소리를 줄여달라고 말하는 것이 더욱 고통스러웠다. 볼품없는 청년에게 마음 상할 일이 고통스러웠고, 최종적으로는 나 역시 가장 단순한 것 하나로 인해, 더 많은 청년들을 하찮게 여길지도 모른다는 현실이 고통스러웠다.

　1차 소리가 걸러진 그 째지는 듯한 빠른 음악소리에 지금도 완전히 길들여진 것은 아니다. 하지만 그러구러 듣고 다닐 만해졌으니, 그나마 이리 되는 데에도 한두 해는 좋이 걸린 셈이다.

　그런가 하면 10년 전에도, 1년 전에도, 마흔 중반에 이른 지금에 와서도 한결같이 귀문을 열게 하는 음악이 있다. '별이 빛나는 밤에' 시그널 뮤직(Merci Cherie)이 그 중 하나다. 늦은 귀갓길에 어쩌다 한 번씩 듣게 되는 그 음악은 그때마다 내 귀를 사로잡는다. 기억의 샘에서는 주안 6공단 입구에서 야학하던 시절인 80년대 중반이 흘러나온다. 공단 입구의 벌집에서 자취를 하던 벗들이 떠오르고, 연탄가스 자욱하던 그 골목이 눈에 밟힌다.

　그때 만난 서는 주방용품 생산업체에서 일하며 검정고시를 준비했다. 밤 열 시경 야학을 끝내고 학강^(학생)이었던 그와 함께 골목에 들어서면 골목으로 나 있는 창을 타고 '별이 빛나는 밤에' 시그널 뮤직이 흘러나오곤 했다. 서의 방에서 라면을 끓여 먹는 동안에도 그 음악은 나의 귓전에 맴돌았고 고교 시절 같은 또 다른 과거를 떠올리게끔 했다. 전남 고흥에서 올라온 서는 그로부터 4년 후 회사 내 쟁의사건에 연루되어 3년간 감옥살이를 했다. 만기 출소한 그는 후에 몇몇 동료들과 어울려 전통혼례사업을 시작했다.

차갑고 엄혹했던 시절, 유독 귀만은 느린 변화 속에서 과거의 기억을 끝없이 퍼 올렸다. 나는 귀에 익은 것들을 통해 과거를 떠올렸고, 과거에 젖었고, 그러다가 퍼뜩 정신을 차려 현재로 돌아오곤 했다.

그런데 귀를 통한 그 같은 경험이 결코 나만의 것은 아니었던 모양이다. '카세트혁명'으로 불리는 1979년 이란혁명의 과정이 그 좋은 예일 것이다. 당시 파리에 망명 중이던 호메이니는 자신의 '반정부 선동을 담은 카세트테이프'를 이란으로 보내 혁명을 부추겼다. 전 국민의 75퍼센트가 넘는 문맹자를 선동하기 위한 일책이었는데, 이란의 국민들은 목소리의 주인공이 호메이니였기에 카세트테이프에 매료되었다. 망명하기 전의 호메이니의 목소리를 기억하고 있던 이란 국민들에게 그의 목소리는 돌아가고 싶은 과거였고, 앞으로 함께하고 싶은 미래였다. 결국 호메이니는 기억의 샘을 자극한 카세트테이프를 통해 팔레비 왕권을 무너뜨리고, 1979년 2월 1일에 귀국할 수 있었다.

귀의 기억의 샘으로서의 기능과 변화에 둔한 속성을 감안한다면 광속의 변화를 추구하는 오늘의 현실과는 거리가 멀어도 한참 멀다고 하겠다. 그럼에도 불구하고 나는 나이를 먹어갈수록 오히려 귀에 대한 의존도를 높여가고 있으니, 도대체 그 무슨 해괴함이란 말인가. 하기야 생각과 달리 축구를 해도 10분만 지나면 헉헉대고, 깔끔하게 차려입고 거울을 들여다봐도 누구 하나 거들떠보지 않을 형태로 졸아들고 있는 나이이니 귀에 대한 의존도를 높일 수밖에. 그만큼 눈에 대한 자신감을 상실했다는 반증일 것이다.

뒤늦게 시작한 회사생활만 해도 그렇다. 젊은 친구들에 비해 현실감각이 떨어진다고 스스로 판단한 나는 되도록 듣고 결정하는 쪽에 가깝다. 한눈에 빠져들기보다는 듣고 또 듣는 중에 최선을 도모할 수 있다고 믿는 것이다. 어쩌면 그 같은 생각과 결정이 사십이불혹이라는, 그 무엇에도 흔들리지 않아야 할 내 나이대와도 맞지 않나 싶다.

무언가에 미혹됨이란 당연히 눈에 있는 것이지 귀에 있는 것이 아닐진대, 내가 나이를 먹어갈수록 귀에 의존하는 것은 오히려 다행한 일이 아닐 수 없다.

최용탁 수상하다, 마흔의 Sex & Penis

예나 지금이나, 흉허물 없이 속내를 털어놓는 친구들과 만나면 심심 찮게 화제에 오르는 것이 섹스에 대한 이야기다. 물론 나나 나의 친구 들이 성(性)을 형이상학적 개념으로 이해한다거나, 젠더(Zender)적 관점 따위가 있을 리 없다. 음담패설 수준의 농담이 오가고 여자들이 듣는다 면 경악을 금치 못할 무용담도 이어지지만, 요즘은 대개 부부 간 혹은 혼외의 섹스에 대한 이야기가 대부분이다.

나는 개인적으로 그런 객쩍은 이야기를 즐기지 않지만, 그렇다고 추 하다거나 불결하다고는 여기지 않으므로 잘 들어주는 편이다. 나에게 는 시답잖은 장기가 하나 있는데 그것은 남의 이야기를 끈질기게 들어 준다는 것이다. 시간만 충분히 있다면 대개 상대가 지쳐서 이야기를 그 만둘 때까지 들어준다. 물론 단지 들어줄 뿐이다. 어떤 식으로든 타인 의 삶에 영향을 끼치는 발언을 해서는 안 된다는 것이 나의 신조이므로 충고나 조언은 절대 하지 않는다. 가장 낮은 수준의 위로 정도가 내가 해주는 것의 전부다. 그런데도 나는 모르는 사이에 몇몇 친구들에게 상담원 비슷한 역할을 하게 되었다. 들어주는 것만으로도 위안이 되는 모양이다. 그들은 일 년에 몇 번씩 나를 찾아와 일종의 고백을 행하는데, 종종 은밀한 부부 간의 이야기도 숨기지 않고 털어놓는다.

그런 은밀한 이야기 중에 가장 빈번하면서도 심각한 것은 부부 간의 섹스 문제였다. 짧게는 칠팔 년에서 길게는 십오 년 이상 살아온 반려에게 한결같이 왕성한 욕구를 느낄 수는 없을 것이다. 그러나 하소연의 내용인즉슨 아내 앞에서는 아예 발기가 되지 않는다는 사연이 드물지 않다.

한 친구는 그것을 나이가 들어 생긴 성불능이라고 생각하여 여러 민간 처방을 은밀히 행하기도 하였다. 생식기에 좋다는 음식과 비수리라는 처음 들어보는 약초로 담근 술, 수시로 괄약근 조이기 등이 그가 찾아낸 비책이었다.

그의 불능은 다른 곳에서 치유되었다. 그러나 쉽사리 남에게 권할 수 있는 방법이 아니었으니 다름 아닌 혼외정사였다. 그의 페니스는 아내 아닌 다른 여자에게는 여전히 훌륭한 능력을 발휘했던 것이다. 그는 자신이 불능이 아님을 알고 안도했지만, 앞으로 정상적인 부부생활을 지속할 수 있을지에 대해서는 심히 걱정하고 있었다.

나는 그 친구에게 아무 말도 할 수 없었다. 그와는 다른 경우지만 나 역시 별로 유쾌하지 않은 사실 때문에 그에게 위안의 말을 건넬 기분이 아니었다. 나의 성기능이 급격히 떨어지고 있음을 감지했기 때문이었다.

나는 지난해에 한 달씩 두 차례 집을 떠나 있었다. 그간 취미 삼아 써오던 소설을 본격적으로 쓰기 위해서였는데, 한 번은 바닷가의 빈 집에서, 또 한 번은 절에서 지냈다.

글을 쓰다 지치면 책을 읽고, 짧은 산책을 하고, 혼자 술을 마시는 하루하루였다. 어렵게 빼낸 한 달의 시간이었으므로 게으름을 피울 수는 없었다.

그런데 한 달이 다 지났을 무렵, 나는 한 가지 기이한 사실을 깨달았다. 그동안 나는 단 한 번도 성욕을 느낀 적이 없으며 나의 페니스 역시 전혀 발기하지 않았다는 사실이었다.

물론 나의 온 신경은 소설에 쏠려 있어서 꿈에서도 계속 소설의 줄거리 속을 헤매곤 했지만, 성욕이 돋아난 열서너 살 이후에 그토록 오랫동안 성적인 욕구를 느끼지 못한 것은 처음이었다. 나는 즉시 성적인 연상을 떠올려 발기를 시도하였다. 나의 페니스는 오랜 동면에서 깨어나듯 기지개를 켰지만, 시간도 오래 걸렸고 왠지 위용이 전만 못해 보였다. 혼자 끓여먹은 부실한 조석 탓일지도 모른다고 스스로를 위로했지만, 마음 한구석에서, 희미하게, 무언가가, 꺾이는, 느낌을 지울 수 없었다.

생각하면 오랜 세월 고생과 영광을 함께 맛본 나의 가장 소중한 신체 부위가 그다. 자웅(雌雄)에 대한 인식을 나에게 주었으며 내 몸속에 놀라운 비밀이 숨어 있음을 일러준 것도 그였다. 친절하게 꿈속에까지 따라와 욕망과 쾌락과 수치에 대하여 벼락 치듯 최초의 깨달음을 주었고, 지금은 도저히 기억나지 않는 경로로 다가와 스스로 위안하는 법(自慰)을 가르쳐주기도 하였다.

그 무렵이다. 십 대의 우리들에겐 우리들의 성을 아름답다고 찬양해줄 구성애 여사 대신 다 좋지만 솔직하게 이야기하는 것만은 절대 안 된다는 선생님과 어른들이 있었다.

우리는 스스로 찾아 익혀야 했다. 성과 관련된 질문은 비난받아 마땅한 죄악이었으므로 우리들은 어른들의 세계에서 흘러나오는 몇 개의 단서로 비밀을 풀고자 했다. 대개는 조악한 음화나 천한 소설 나부랭이였으나, 때로 컬러도 선명한 금발의 도색잡지가 출현하기도 하였다.

놀라운 포즈와 체위로 뒤덮인 그 책이 순례하듯 교실 한 바퀴를 돌고 난 후의 그 터질 듯한 공기가 지금도 생각난다. 그야말로 넘치는 정액을 주체하지 못하는 나이였다. 오십여 명이나 되는 애들 중에 거의 대다수가 도무지 사그라지지 않는 그를 붙잡고 거의 괴성을 질러대던 광경이라니.

이후 그는 변함없이 욕망과 절제의 한가운데에서 나를 치우치지 않게 유지해주었으며 내 인생에서 가장 큰 사건인 자식들의 탄생에 막대한 기여를 하였다. 우리는 거의 잊고 있지만 사실 그것이 그가 가진 본

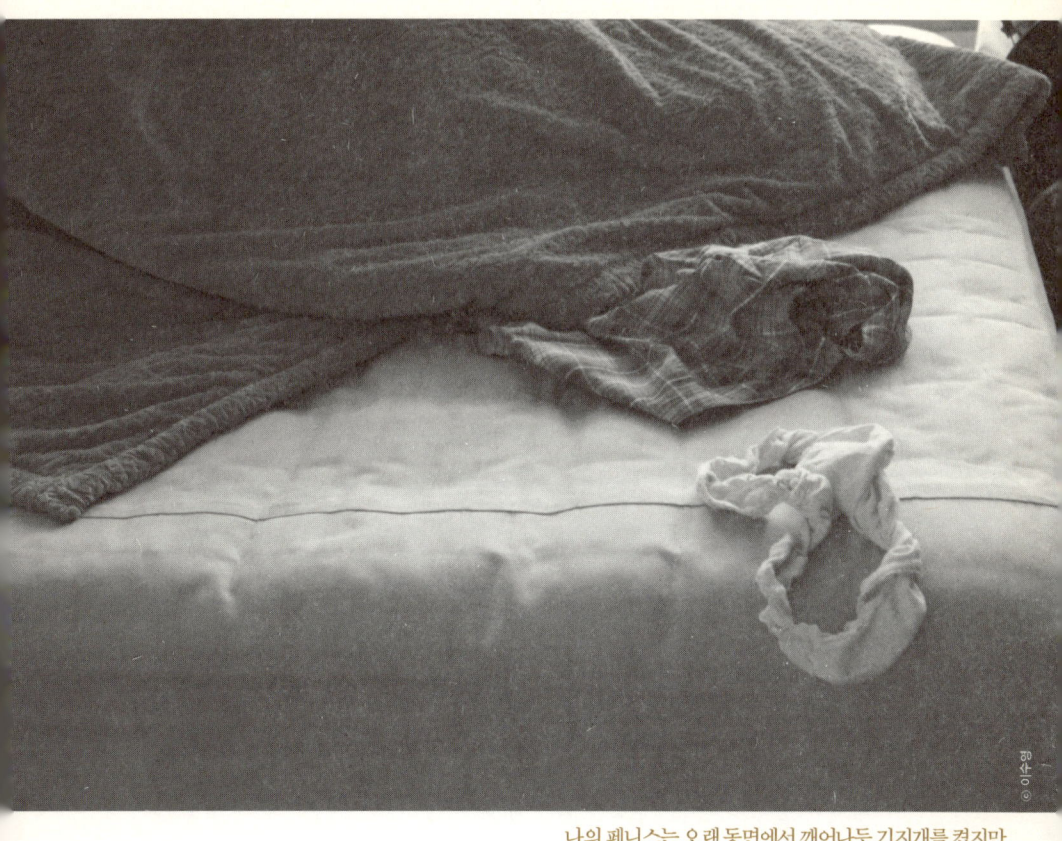

나의 페니스는 오랜 동면에서 깨어나듯 기지개를 켰지만,
시간도 오래 걸렸고 왠지 위용이 전만 못해 보였다.
혼자 끓여먹은 부실한 조석 탓일지도 모른다고
스스로를 위로했지만,
마음 한구석에서,
희미하게,
무언가가,
꺾이는,
느낌을 지울 수 없었다.

연의 임무다.

나는 세 번의 임무를 충실히 수행한 그가 더 이상 임무를 고집할까 두려워, 셋째가 태어난 직후, 20년 전에 포경수술을 했던 병원에 가서, 정관수술을 하였다.

못내 서운해한 사람은 어머니였고, 감개무량한 표정을 지은 사람은 비뇨기과 의사였다. 나는 그가 병원을 연 직후에 포경수술을 받았는데, 그 병원의 1호 수술이었다. 그런데 20년 만에 다시 찾아와 같은 수술대 위에 누웠으니, 그는 자못 세월의 무상함을 느끼는 표정으로 나의 터럭을 자르는 것이었다.

결혼을 하자마자 첫째가 들어섰고 연년생으로 둘째까지 낳다 보니, 그리고 부모님을 모시고 살다 보니 부부가 아무 때나 섹스를 나누는 자유스러움은 거의 누려보지 못하였다. 물론 둘만의 시간을 가질 때도 있었지만, 단출하게 사는 부부들에 비하면 꿈에 떡 맛보는 격으로 드물었다.

게다가 늘 아이들을 데리고 자는 것도 적잖이 부담스럽다. 어느 날은 여섯 살이던 막내가 벌떡 일어나 싸우지 말라며 엉엉 우는 통에, 난감한 적도 있었다. 싸우는 게 아니라고, 오히려 그 반대라고 설명해주었지만, 여섯 살짜리를 설득하는 일은 쉽지 않았다.

요즘은 그런 일이 거의 없지만, 몇 년 전만 해도 아내와 함께 있다 보면 참을 수 없이 성욕이 일 때가 있었다. 아이들과 지나치게 고요한 산골의 밤 시간이 몹시 부자유스럽다 보니, 그리고 그런 날이 여러 날 계속되다 보니 대낮에 그런 갑작스런 충동이 생기는 것이었다.

그런데 낮이라고 사정이 좋을 리 없다. 그러면 우리는 슬그머니 산으로 갔다. 다행히 우리 집은 막다른 산 밑이고 인가도 멀리 떨어져 있어서 비닐 돗자리 하나 들고 산으로 올라가면 그곳이 그냥 넓디넓은 러브호텔이다.

하늘이 보이고 나뭇잎들이 빛나는 산속에서의 정사는 각별하였다. 몰래 숨어서 한다는 긴장감에 어떤 야성의 기분 같은 것이 더해져 상승작용을 일으켰다. 고라니와 토끼가 달리고, 이름 모를 온갖 새가 지저귀는 곳에서의 짧은 정사들은 먼 훗날에도 간직하고 싶은 기억이다.

작년에 있었던 두 차례의 출분 이후에 나는 현격한 성욕의 저하를 경험하고 있다. 그것은 그럴 만한 나이가 되어서만은 아니고 아마 글쓰기에 깊이 마음을 빼앗기고 있는 사정과도 어느 정도 관련이 있을 것이다. 뒤늦게 시작한 소설쓰기는 그 자체가 은밀한 황홀을 선사하는 또 하나의 반려였다. 나는 그런 사실을 아내에게 고백하였고, '그렇다면 소설 따위는 당장 집어치우라'고 을러대지 않은 아내를 고맙게 생각한다. 대신 우리는 편안한 마음으로 우리 부부의 성생활을 관리해나가기로 했다.

우리는 서로의 몸에 대해 가장 잘 아는 이 세상의 오직 한 사람이므로 오래도록 서로를 채울 수 있을 것이다. 마침내 우리의 육신이 욕망의 그릇에서 벗어나, 오래 입은 옷처럼 평온하게 우리의 영혼을 감쌀 때까지.

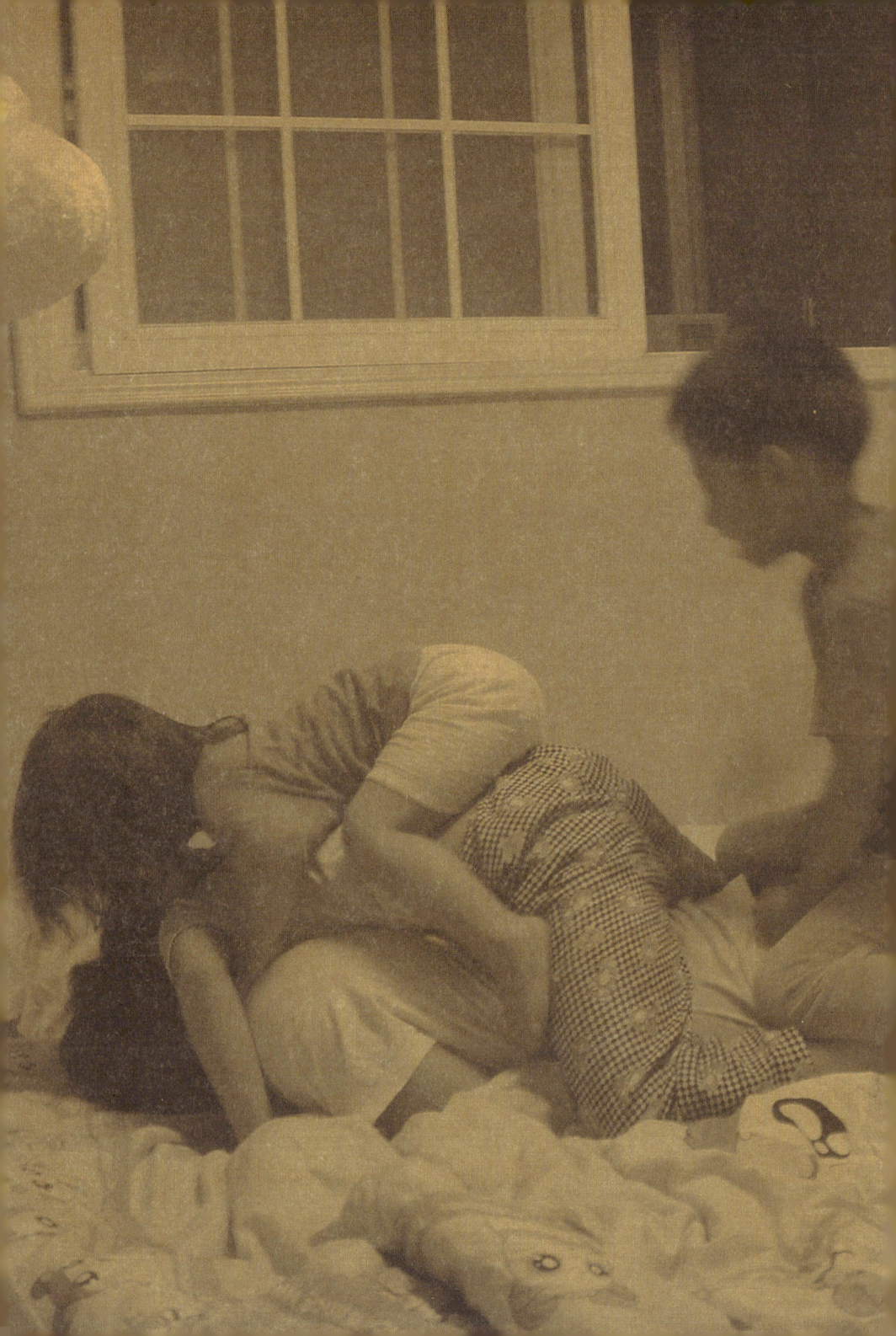

2

가족이라는
이름의 족쇄
혹은
온기

삼 년이나 치매를 앓다 돌아가신 할머니 수발에, 농사철엔
새참까지 하루 다섯 끼니를 해야 하고, 쉬지 않고 엄마를
불러대는 세 아이들을 챙기고, 고약한 성품의 남편까지……
그래도 늘 웃는 빛이다. 내가 보아도 신기하여 얼마 전에 대체
뭐가 그리 좋으냐고 물은 적이 있다.
"나 아직도 당신이 너무 좋아."
나는 두 손 두 발 다 들고 말았다.

우리 부부의 방정식 최용탁

　나는 윤회라든가 사후 세계, 천당과 지옥 따위를 믿지 않지만, 만약 그런 게 있고 그곳에서도 짝을 맺어 사는 일이 있다면, 몇 번이고 내 아내 유승옥 씨와 살고 싶다. 빤한 거짓말 같은 이 고백은 그러나, 치밀하고 꼼꼼하게 그래프를 그려가며 계산을 거듭하여 내린 결론이다.

　나는 먼저 나와 아내를 평행하는 두 개의 A, B변으로 놓고 두 변과 꼭 짓점을 이루며 세로로 교차하는 선을 X축, 두 개의 평행선 밖에서 X축과 교차하여 지나는 또 다른 선을 Y축으로 설정했다. Y는 우리 부부뿐 아니라 모든 인간들에게 동일하게 적용되는 시간의 선이고, X는 우리 부부 사이에 고유하게 벌어지는 온갖 세상사의 변수다. 나와 아내는 독립된 두 개의 선이면서 X축의 진동에 의해 길항하고 그 길항관계에 의해 Y축과는 항상적으로 불균형을 유지하지만 장기적으로는 동일한 속도로 수렴된다. 다시 X축은 그 특성상 무수한 X_1에서 X_{23456}……의 무한대로 확장되므로 수열의 개념을 적용했고…….

이쯤에서 무수한 숫자와 기호로 뒤덮인 몇 장의 A4 용지를 그대로 보여주는 것이 거짓말의 혐의를 쉽게 벗는 길이겠지만, 난필과 수학을 싫어하는 독자들을 위해 부득이 해독가능한 글로 푸는 수밖에 없겠다.

이상한 이야기지만 나는 내 아내를 언제 처음 만났는지 모른다. 기억력의 탓이 아니라 한 동네에서 태어나서 그렇다. 그녀가 태어났을 때, 나는 겨우 발걸음을 뗀 만 15개월이었으니 아무리 한동네라지만 금줄을 밀치고 들어가 미래의 아내를 물끄러미 바라보거나 하지는 않았을 것이다. 그러므로 가끔 내가 술 먹고, 나는 당신을 태어날 때부터 찍었다고! 하는 주장은 말 그대로 헛소리가 아닐 수 없다.

아내에 대한 첫 기억은 내가 열여섯이 되던 봄이니, 고향을 떠나기 1년쯤 전이다. 결혼 후 아내는 여덟 살 무렵에 내가 따준 살구를 먹었다거나 3학년 때 〈어깨동무〉라는 책을 받았다는 주장을 하여 나를 곤혹스럽게 했다. 아니라고 하자니 아내의 추억에 대한 예의가 아닐 것 같고, 그렇다고 하자니 진실을 존중하지 않는 자라는 호칭을 얻을 것 같았다. 이제 진실을 말한다고 해서 배신감에 치를 떨거나 심한 정신적 충격을 받지는 않을 듯하여 고백하건대, 나는 그 이전의 아내의 모습은 전혀 기억에 없다. 본 적은 무수히 있을 테지만, 내 기억 속의 아내는 처음부터 마을의 한 아이가 아닌 여자였다.

함께 생활하다 보면 부부지간이라 하더라도 누군가가 주도권을 쥐게 된다.
경제력을 가진 쪽이거나
생활을 꾸려가는 데 비상한 감각이 있는 쪽이 쥐게 되는데,
딱히 그런 것이 없는 우리 부부의 경우에는
결혼 초기에 사소한 문제로 티격태격하는 일이 꽤 있었다.
그러나 아내에게 완전히 백기를 든 이후 나는 생활의 전권을 아내에게 맡겼다.
사랑의 힘이 더 큰 쪽이 행사하는 권한에 대해 나는 이의가 없다.
다시 찾아오려면 나의 힘이 더 커져야 하는데, 쉬운 싸움은 아닐 것 같다.

열여섯의 나이에 만난 열네 살의 그녀에게 처음 느낀 감정은 연정이었다. 나는 비로소 그녀에게 편지를 쓰고 시집을 선물하는 등의 고전적인 연애를 시작했다. 중·고등학교 시절에 나는 거의 매일 편지를 쓰는 습관을 가지고 있었는데, 주요 대상은 또래의 남자가 하나, 여자가 넷이었다. 여자들 모두에게 연애편지를 쓴 것은 아니고, 그 중에는 순전히 문학이나 철학에 대한 이야기만 편지로 나누던 여학생도 있었다. 아내에게는 일주일에 한 통 정도를 보냈고 그녀는 세 번에 한 번꼴로 답장을 주었다. 그렇게 4년을 보내고 대학에 들어가면서 나의 편지쓰기는 끝났고 더불어 모든 연애 행각도 막을 내렸다. 이후 결혼하기까지 나는 여자를 사귀지 않았다.

스물아홉이 되자, 문득 결혼이 하고 싶어졌다. 당시 외국에서 살고 있던 나는 무작정 서울행 비행기를 탔고 지금의 아내를 수소문하여 거의 십 년 만에 다시 만날 수 있었다. 다행히 그녀는 미혼이었고 서울에서 직장에 다니고 있었다. 거짓말처럼 우리 둘 다 연락조차 없었던 그 오랜 시간 동안 다른 이성과의 진지한 만남을 한 번도 가진 적이 없었다. 마치 십 년 후 만나 결혼하기로 약속이나 한 것처럼.

그해 칠월 우리는 결혼을 했고 일 년 반가량을 내가 살던 뉴욕에서 지내다가 95년 영구 귀국했다. 우리는 극빈자를 조금 벗어난 정도(보건복지부가 분류해준 우리의 공식 지위는 차상위계층이다)의 생활을 하며 아이 셋을 낳고 부모님을 모신다. 모신다기보다는 아직 나보다 뛰어난 노동력을 가지고 계신 두 분에게 의지하여 농사를 짓는다. 쉽지 않은 생활이지만, 아내는 단 한 번도 나의 무능을 탓한 적이 없다.

　나와 아내는 완벽할 정도로 반대의 성격이다.
　나는 가끔씩 원인 모를 화가 일어나는 고질병이 있다. 갑자기 사는 일이 답답하고 짜증이 솟구치며 신경이 바늘 끝처럼 곤두서서 그 어떤 합리적인 생각도 불가능한 상황이 되는 것이다. 그렇게 스스로 걷잡을 수 없는 심리 상태에 빠지면 방법은 단 하나, 어떤 급한 일이 있더라도 다 팽개치고 무작정 떠나야 한다. 아무도 모르는 곳에서 하루나 이틀을 지내다 보면 다시 마음의 평정을 되찾게 되는데, 결혼 후 육칠 년 동안은 그런 사태가 한 해에 여러 차례 발생했다. 지금은 거의 치유된 그 병은 아내를 몹시 놀라게 했다. 이혼 사유로도 부족함이 없을 나의 행각에 대해 그러나 아내는 아무것도 묻지 않고 묵묵히 감내했다.
　삶이 괴롭고 답답한 것은 아내가 나보다 몇 배나 더할 터였다. 삼 년이나 치매를 앓다 돌아가신 할머니 수발에, 농사철엔 새참까지 하루 다섯 끼니를 해야 하고, 쉬지 않고 엄마를 불러대는 세 아이들을 챙기고, 고약한 성품의 남편까지, 실로 눈코 뜰 새 없는 나날들이었을 것이다. 게다가 운전을 못해 마음대로 시장조차 가지 못하고 마주하여 수다라도 떨 이웃 하나 없는 외진 시골이니, 그 답답함이 오죽하랴. 돌아버리지 않으면 다행이다 싶은데 그래도 늘 웃는 빛이다. 웬만하면 고생에 찌든 티가 얼굴에 나타날 만도 한데 아직도 모르는 사람은 이십 대 후

반쯤으로 볼 정도로 해맑다. 내가 보아도 신기하여 얼마 전에 대체 뭐가 그리 좋으냐고 물은 적이 있다.

"나 아직도 당신이 너무 좋아."

나는 두 손 두 발 다 들고 말았다. 함께 생활하다 보면 부부지간이라 하더라도 누군가가 주도권을 쥐게 된다. 경제력을 가진 쪽이거나 생활을 꾸려가는 데 비상한 감각이 있는 쪽이 쥐게 되는데, 딱히 그런 것이 없는 우리 부부의 경우에는 결혼 초기에 사소한 문제로 티격태격하는 일이 꽤 있었다. 그러나 아내에게 완전히 백기를 든 이후 나는 생활의 전권을 아내에게 맡겼다. 사랑의 힘이 더 큰 쪽이 행사하는 권한에 대해 나는 이의가 없다. 다시 찾아오려면 나의 힘이 더 커져야 하는데, 쉬운 싸움은 아닐 것 같다.

가혹한 Y축의 법칙에 따라 A, B 두 선은 곧 소멸하게 된다. 두 선은 평행선이었으나, 휘어진 우주 덕분에(상대성 이론에 의하면 우주는 휘어 있고 따라서 모든 평행선은 우리가 상상하기 힘든 먼 거리에 이르면 만나게 된다) 햇살 따스한 양로원의 벤치나, 여전히 불을 때는 시골의 어느 온돌방에서 만나게 될 것이다. 모든 X축들은 기억의 창고에 적재되고 긴장과 떨림도 사라진다. 긴 방정식을 풀어낸 A의 어깨는 굽었고 B의 왼쪽 무릎에는 관절염 패치가 붙어 있다. A는 물끄러미 B를 바라보며 생각한다.

'내가 먼저 떠나게 되겠지만, 만에 하나 당신이 먼저 간다면, 나는 당신을 혼자 보내지는 않을 테요.'

아직도 키가 자라는 나의 아내 한재희

아내 이야기를 하려니 조금은 막막하다. 우리 부부처럼 평범한 사람들에게서 무슨 재미있는 이야깃거리를 끄집어낼 수 있을까 하는 고민 때문이다. 팔불출이 되려고 해도 쉽지 않겠고 이런저런 생활수기에서 보듯이 가슴 찡한 사연이 있는 결혼생활을 해온 것도 아니기에 더욱 그렇다.

우리는 막내 이모님의 소개로 대학로의 한 카페에서 처음 만났다. 결혼 적령기에 있는 남녀가 그러하듯이 기대감 반 의무감 반의 그런 만남이었다. 그 첫 만남 뒤에 내가 다시 연락을 한 게 서너 달은 족히 지나서였다. 내게 깨끗이 정리해야 할 어떤 일이 남아 있어서 그리 된 것인데 내가 싫지는 않았던지 약속장소에 다시 나와준 게 고마울 따름이었다.

몇 달이 지나고 형식적이기는 했지만 미래의 처가가 있는 포항으로 결혼 허락을 받으러 가게 되었다. 아내의 집은 아담한 한옥이었는데 마루 한가운데에 앙증맞은 초등학생 시절 아내의 사진이 붙어 있는 주산 5단 자격증이 눈에 띄었다. 속으로 키득 하고 웃었다.

신혼 초 나는 전자계산기를 들고 아내는 암산으로 누가 빠르고 정확하게 계산을 해내는지 시합도 하면서 낄낄대며 놀곤 했었다. 백화점이나 슈퍼마켓에서도 아내의 암산 실력은 계산원을 자주 놀라게 했다. 장인어른께서는 딸을 무슨 대학에 보내느냐고 하시면서 주산을 열심히 시키셨던 모양이나 그 출중한 주산 실력은 딸의 장래를 개척하는 데 그리 큰 역할을 하지는 못하고 한낱 오락거리로 전락해버렸으니 죄송할 따름이다.

제주도로 간 신혼여행 첫날밤에 나를 놀라게 하는 사건이 일어났다. 나는 그때까지 이 가는 소리를 한 번도 실제로 들어본 적이 없었다. 그런데 웬 무시무시한 소리에 놀라 깨보니, 세상에! 옆에 누운 여자가 이를 박박 갈며 자고 있는 게 아닌가. 신혼 첫날밤에 신부는 부드득 부드득 이를 갈고 있고 잠이 깬 남편은 어쩔 줄 몰라 하는 장면을 한번 떠올려보시라. '음, 피곤하고 긴장되니까 그런 거겠지. 그래, 그럴 거야.' 나는 속으로 스스로를 달랬다. 허나, 아니었다.

아내는 지금도 이를 갈면서 잔다. 아주 가끔은 조용한 날도 있기는 하지만 말이다. 물론 나도 그때의 순진한 새신랑은 아니라는 점을 밝혀두겠다. 아내의 자존심을 조금은 지켜주고 싶기에 내가 어떻게 대응하는지 밝히지 않는 데 대해 양해를 바란다.

결혼하고 몇 달 뒤에 최초의 부부싸움을 한 날, 아내는 또 한 번 나를 놀라게 했다. 나는 나대로 화가 나서 큰소리를 냈고, 아내는 무선전화기를 들고 건넌방으로 가버렸다. 나는 장모님께 전화를 하는구나 생각하면서 '여자들은 어쩔 수 없군' 하고 속으로 흉을 보았다. 그런데 가만히 들어보니 아내는 울먹거리면서 고자질을 하는 눈치였고 나는 화가 치밀어 건넌방 방문을 열어젖혔다. 그런데 세상에! 아내가 울면서 고자질하는 전화 속 상대는 장모님이 아니라 바로 시어머니였다. 이런 맙소사! 이놈의 마누라가 제정신인가?

"어머니, 재희 씨가 저랑 안 살겠대요." 방문을 열고 들어가는 순간 내가 들은 말이었다. 기가 막혔다. 놀라신 어머니께서는 아버지께 즉각 보고를 하셨던 모양이고 잠시 후 아버지께서 하실 말씀이 있으니 지금 당장 아내와 함께 온양 집으로 내려오라는 전화를 하셨다. 어쩌겠는가? 내려가는 수밖에. 서로 한마디도 하지 않고 두 시간 가까이 고속버스를 타고 가는데 화도 나고 부끄럽기도 했다.

크게 혼나지는 않았다. 아버지께서도 결혼한 어른 대우를 해주셨던 것 같다. 그때 우리 부부가 마음에 새긴 것은 아버지 말씀대로 부부싸움을 하지 않겠다는 것이 아니라 아마도 집 밖으로 새어나가지 않게 싸워야 한다는 것이었지 싶다.

철없던 신혼 시절을 지나 우리도 한 해 두 해 나이를 먹어갔다. 그리고 40대……. 어머님께서 1년도 채 안 되는 투병생활 끝에 너무 일찍

돌아가시기 몇 달 전부터
아버지의 치매 증세는 깊어져
간병하는 아주머니가 가고 나면
아내는 시아버지의 똥오줌을 받아내야 했다.
우리 부부가 겸손해지고
어떤 깨달음을 하나라도 얻게 되었다면
그것은 전적으로 아내의 깨달음과 신앙심 덕일 것이다.
사람들은 자기 정신의 키만큼
행복을 누릴 수 있다는 말이 있다.
그런 면에서 아내의 키는 나보다 결코 작은 게 아니다.

돌아가신 후 우리는 급하게 아버님의 짐을 꾸려 서울로 모셔왔다. 홀로 지내시기에는 연로하셨고 아주 약하게나마 치매 증세도 보이셨기 때문이다.

하지만 젊은 시절 아버지께서 가족에 대해 성실하지 않으셨던 기억 때문에 나는 차마 내색은 못했지만 아버지를 피할 수만 있다면 피하고 싶은 심정이었다(이미 마흔이 넘은 나이였건만 지금 생각해보면 어렸다). 심지어는 어머니께서 일찍 세상을 떠나신 게 아버지 때문이라는 철없는 생각도 하곤 했었다. 어머니가 그리울수록 아버지에 대한 미움의 감정을 다스리기가 무척 힘들었다. 아내는 아버지에 대한 나의 감정을 알고 있었다. 게다가 직장을 갖고 있는 며느리가 연로하신 시아버지를 모시는 것은 물리적으로도 쉽지 않은 일이었다. 퇴근하자마자 집으로 달려와서 시아버지 저녁을 차려드려야 했고, 화장실을 30분 간격으로 드나드시는 시아버지와 1년여 동안 화장실 하나를 나눠 써야 했다. 보다 못해 화장실이 두 개 있는 넓은 평형으로 전세를 얻어 갔더니 다소 숨통이 트였다.

아버지에 대한 연민과 불만이 교대로 쌓여만 가는 남편 달래랴, 시아버지 모시랴, 많이 힘들어하는 아내에게 나는 미안하다는 말 한마디 제대로 건네지 못하고 지냈다. 아마 알량한 자존심 때문이었으리라.

돌아가시기 몇 달 전부터 아버지의 치매 증세는 깊어져 간병하는 아주머니가 가고 나면 아내는 시아버지의 똥오줌을 받아내야 했다. 물론 나도 함께 한다고는 했지만 귀가시간이 들쭉날쭉한 탓에 아내 혼자 해내는 날이 갈수록 늘었다.

　대단하다고 생각했다. 왜 힘들지 않고 싫지 않았겠는가. 며느리이기 이전에 여자인데 말이다. 내가 아내를 그 어떤 존재감으로 인정하게 된 계기가 그때 일이 아니었나 생각된다. 당시 아내는 직장 동료의 전도로 교회에 나가기 시작했는데 나는 미안한 마음에 시간이 흐르고 조금 여유가 생기면 꼭 교회에 같이 다녀주겠다고, 무슨 선심 쓰듯이 약속을 했다.

　산이 높으면 골짜기가 깊다고 했던가. 40대 이후 남편의 운세가 꼬이는 듯싶은 일이 자주 일어나면서 아내는 마음으로 함께 아파했고 금전적인 문제로 골머리를 썩이는 일도 많았을 것이다. 그런 시간이 길어지면서 아내는 성경을 더 자주 읽었고 교회에도 더 열심히 나갔다. 물론 나도 내 입으로 한 약속이 있어서 아내를 따라 주일을 지키는 횟수가 늘어날 수밖에 없었다. 아내는 지극히 현실적인 데다 콧대도 웬만큼은 높은 여자였다. 말하자면 종교와는 거리가 먼 여자였지만 역설적으로 남편 덕에 제대로 된 신앙을 찾게 된 것이다.

　우리 부부가 겸손해지고 어떤 깨달음을 하나라도 얻게 되었다면 그것은 전적으로 아내의 깨달음과 신앙심 덕일 것이다. 사람들은 자기 정신의 키만큼 행복을 누릴 수 있다는 말이 있다. 그런 면에서 아내의 키는 나보다 결코 작은 게 아니다.

　예전에 나는 가끔 아내의 작은 키를 놀리곤 했었다. 나의 비웃음에도 불구하고 자신의 키가 161센티미터에 육박한다는 주장은 이미 사랑스런 두 딸 벼리와 서연이의 키가 제 엄마보다 커지면서 시들해져버리고 말았지만 나이 들어 연금이라도 타게 되면 무슨 일이 있어도 절반은 나에게 주겠다는 대목에 이르면 키 따위야 아무래도 상관없는 사랑스럽기 그지없는 아내일 수밖에 없는 것이다.

원고지 몇 장은 쉽게 채울 만한 무슨 대단한 연애 끝에 결혼한 사이는 아니지만 아내가 한 해 한 해 사랑스러워지는 것은 바로 세월이 흐르고 나이가 들수록 우리 부부의 생각이 함께 커가고 있으며 또한 그 생각을 공유하는 부분이 커지고 있기 때문인 듯하다. 참으로 사랑스러운 두 딸의 커가는 모습에 순수한 행복을 느끼고, 작은 것에 만족해하는 겸손을 배운다. 함께 나이 들어가고 함께 늙어가는 세월이 우리 부부의 키를 키우고 있는 것이다. 이러다가 아내의 주장대로 아내의 키가 161센티미터가 되면 그 또한 아니 즐겁겠는가.

아직도 키가 자라는
나의 아내

홍창욱 **달콤한 부담**

　지난 가을 전라남도 광주에서 동아시아 PD포럼이라는 행사가 열렸다. 한국, 중국, 일본의 세 나라 PD들이 행사 후 가진 술자리에서 각 나라의 방송 프로그램 제작에 관련된 이야기를 나누다가 개인적인 이야기로 화제가 옮겨졌다. 결혼은 언제 했고 아이는 몇 명이며 수입은 얼마나 되는지 등등 꼬리에 꼬리를 물고 이야기가 이어졌다. 그날의 수확으로, 제작환경은 서로 다르지만 세 나라의 PD들이 결혼을 늦게 하며, 여자들이 결혼 상대로 PD를 선호하지만 결혼 후에는 들쭉날쭉 불규칙한 방송 제작환경 때문에 땅을 치고 후회한다는 공통점이 확인되었다. 모두들 공감하며 낄낄 웃었다.

　아이가 없거나 있어도 대개 하나라는 점도 비슷했다. 어쨌거나 중국에서는 법적으로 자식을 하나밖에 둘 수 없으며 몰래 하나를 더 낳으면 벌금을 내야 한다고 하지 않는가. 중국 PD들은 벌금도 벌금이지만 교

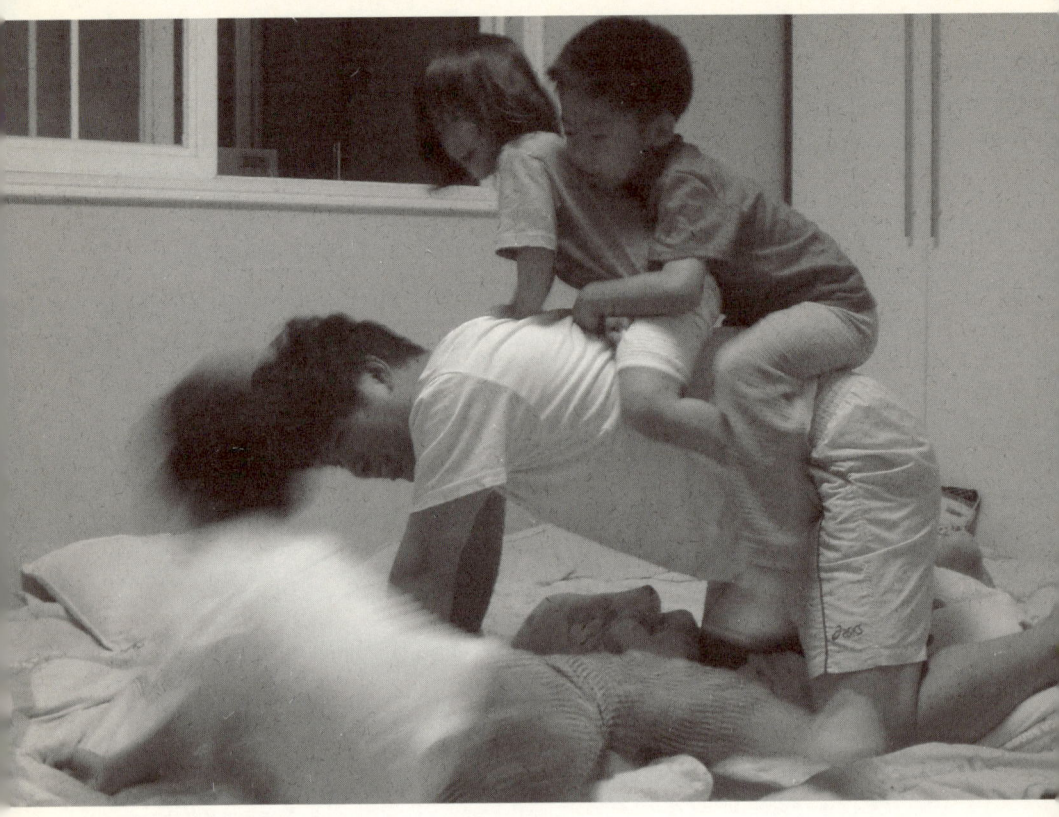

잠자리에서
막내딸의 단풍나무 잎사귀 같은 작은 손을 만지며
고른 숨소리에 귀 기울이면 모든 시름이 사라진다.
그래, 걱정하지 말자. 어떤 식으로든 잘될 거야.
나는 낙관적으로 맘을 돌린다.
그렇다. 막내딸이 주는 즐거움은
이 모든 부담을 상쇄시켜준다.
왜냐하면 그것은 '달콤한 부담'이기 때문이다.

육비를 비롯한 엄청난 양육비가 무서워서 한 명 이상은 엄두를 못 낸다고도 했다.

돌아가며 자기 얘기를 하다가 내가 자식이 셋이라니까 중국 PD, 일본 PD 할 것 없이 모두 놀라며 부럽다고 한다. 요즘은 아이가 셋 있다고 하면 부럽다는 반응을 많이 보이지만 이렇게 국제적으로 부러움의 대상이 될 줄은 몰랐다. 그래서 내가 좋기도 하지만 부담이 만만치 않다고 하자 저희끼리 중국말로 무어라 한다. 궁금해서 무슨 말이냐고 물었더니 중국의 속담 같은 것인데 우리말로 번역하자면 '달콤한 부담'이라는 것이다.

맞다, 아이 셋을 키우는 게 부담은 부담이지만 그것은 '달콤한 부담'이다.

열 살과 여덟 살짜리 아들 둘에 네 살배기 딸 하나. 지금은 나 스스로도 많이도 낳았네 싶지만 처음엔 아이가 안 생겨서 고민이었다. 결혼 후 처음 이삼 년간은 맞벌이를 하느라 피임을 했다. 그러다 여기저기서 친구들이 아이를 가졌다는 소식이 들려오고 어머니도 무언중에 은근히 바라는 눈치를 주시는 데다 아내와 나도 이제 아이가 있었으면 하는 생각이 들어 '그래, 우리도 아기를 갖자' 하고 결심했다. 남들 다 낳는 아이, 피임만 안 하면 우리한테도 금방 생길 거라 여겼던 것이다.

그런데 1년이 지나도록 소식이 없었다. '아니, 내가 아니면 아내가 문제라는 얘긴데 씨가 문제인 거야, 밭이 문제인 거야?' 슬슬 이상한 생각이 들기 시작했다. 혹시 불임이 아닌지 은근히 걱정되어 책도 뒤져보고 검사도 받았지만 두 사람 다 아무 이상이 없다고 했다. 보약도 먹고 식이요법도 하고 주기를 맞추려고 노력도 했다. 그래도 소식이 없었다. 드라마에나 나오는 장면들이 나한테 고스란히 재연되는 것 같았다. 장모님께서 걱정하시기 시작했고 무엇보다도 아내가 스트레스를 엄청 받았다. 급기야 아내는 다니던 직장도 그만두고 아기를 갖는 데 전념(?)했다.

당시 드라마 조연출이었던 나는 내 맘대로 시간을 조절할 수 있는 위치가 아니었다. 특히 미니시리즈 조연출을 할 때는 잠잘 시간은 물론이고 정말이지 밥 먹을 시간도 없을 정도였다. 그러니까 하늘을 봐야 별을 따는데 도대체 하늘을 볼 수가 없었던 것이다. 강서구 공항동에서 촬영을 하다가 아내의 "오늘이야. 빨리 와. 급하단 말이야"라는 전화를 받고 그 밤에 감기는 눈을 비벼가며 올림픽도로를 한 시간 넘게 달려 강동구 상일동의 집으로 가서 일을 치르고 새벽에 다시 촬영장으로 돌아간 적도 있었다.

나는 그때 아이가 없는 것이 우리의 운명이 아닌가 싶어 아내에게 "애가 없으면 어때? 우리끼리 잘살면 되지. 하느님이 주시지 않는 걸 어떡하겠어"라고 말했지만 아내는 그럴수록 더욱 아이를 포기하려 하지 않았다. 빡빡한 촬영 일정 속에서 임신주기를 맞추는, 결코 만만치 않은 시도를 몇 번 하고도 소식이 없자 아내는 인공수정을 제안했다.

나는 별로 내키지 않았지만 아내의 절박한 요구에 따라갈 수밖에 없었다. 인공수정도 쉽지 않아서 아내의 "오늘이야" 하는 전화를 받자마자 촬영장에서 병원으로 달려가야 했으므로 늘 많은 스태프들에게 양해를 구해야 했다. 내가 짜증을 낼 정도였으니 계속 약 먹고 검사받고 몇 번의 인공수정 과정을 거쳤던 아내의 고생은 이루 말할 수 없었을 것이다.

어쨌거나 각고의 노력 끝에 인공수정으로 아이가 생겼다. 우리 두 사람은 너무나 기뻤고 그 아이가 처음이자 마지막일 거라고 생각했다. 자연임신도 안 되는데 굳이 인공수정이라는 방법을 써서 둘째까지 갖고 싶지는 않았다. 그때 당시 우리 부부는 자연임신은 안 되는 것으로 알고 있었다.

그러므로 둘째의 임신은 전혀 예상치 못했던 결과였다.

힘들었던 드라마를 끝내고 휴가를 내서 모처럼 아내와 둘이서 강원도로 스키를 타러 갔다. 아이는 어머니께 맡겨놓고 왔겠다, 야간 스키를 타고 맥주를 한 잔 마시는 오랜만의 여유가 너무 좋았다. 마치 신혼시절로 되돌아간 것 같았다. 그런데 성수기에 예약도 없이 갔더니 리조트 내는 물론이고 호텔에서도 방을 구할 수 없었다. 가까스로 여관을 찾았더니 온돌방이라 바닥이 뜨끈뜨끈 끓는 중에 몸은 노곤하고 땀이 뻘뻘 났다. 그리고 그날, 영화 제목처럼 '뼈와 살이 타는 밤' 속에서 우리는 둘째를 가졌다. 그렇게 노력을 해도 안 되던 자연임신이 예기치 않은 상황에서 덜컥 이루어진 것이다. 그러고 보면 마음의 여유가 있고 없고의 차이가 아닐까 싶기도 하다. 그래서 요즘은 불임으로 고민하는 후배들에게 내 이야기를 들려주면서 마음의 여유를 가지라고 조언해준다.

셋째는 경우가 또 좀 달랐다.

그렇게 아들 둘을 낳고 어느 해 여름 대천 해수욕장으로 피서를 갔다. 그 무렵 여섯 살인 첫째는 내가, 네 살인 둘째는 아내가 맡아서 탈의실로 데려가 샤워도 하고 옷도 갈아입히곤 했는데 그날따라 둘째가 아빠와 형을 따라가겠다고 떼를 쓰기 시작했다. 자기도 남자라고 주장하는 건지, 단순히 형이 좋아서 그런 건지는 알 수 없으나 어쨌든 엄마와는 가기 싫다는 것이었다. 그래서 남자 셋이 한군데로 몰려가자 아내 혼자 여자 탈의실로 들어가면서 서운한 눈빛을 보였다. 그러고는 돌아오는 길에 차 뒷좌석에서 잠든 두 아이를 보며 아내는 딸이 하나 있었으면 같이 목욕을 했을 텐데 하며 아쉬워했다. 그렇다고 셋째를 가질 생각은 없었다. 딸이면 좋겠지만 또 아들이면 어떡하나 싶어서였다.

그런데 아이를 갖는 것도 어려웠지만 안 갖는 것도 어려웠다. 생명의 탄생이란 사람 맘대로 되는 게 아니라는 것이 막내를 가지면서 느낀 점이다.

그해 가을, 추석 특집드라마 '가족 만들기'를 맡아 충남 강경에서 촬영을 했다. 며칠 동안 지방에서 촬영을 하고 올라오니 아내가 더 예뻐 보이고 애가 달았다. 아내는 오늘은 임신할 수도 있으니 조심해야 한다 며 몸을 사렸지만 나는 걱정 말라며 적극적으로 나섰고, 그날 덜컥 임신이 되었다. 드라마 '가족 만들기'가 현실이 된 것이다. 아내는 "그러기에 조심하랬잖아" 하며 나를 원망했지만 어떡하겠는가? 이왕 이렇게 된 것, 낳는 것으로 의견을 모았고 아들일까 봐 조금 걱정했는데 다행히도 딸이었다.

그렇게 해서 나이 마흔에 막내딸을 얻었다. 막내가 결혼할 때쯤 내 나이를 생각하면 눈앞이 깜깜하지만 지금은 네 살 먹은 딸이 너무너무 귀엽다. 역시 딸은 아들과 많이 다르다. 아빠에게 착착 안기는 것도 그렇고 엄마와 함께 머리 땋는 모습을 보면 커서 엄마와 친구가 되겠구나 싶어 낳길 잘했다는 생각이 든다.

주위 사람들은 아이가 셋이라서 혜택이 쏠쏠할 것이라고 생각하지만 출산장려금도 막내가 태어난 이후에 시행되었고 혜택이라고 해봤자 올해부터 적용되는 연말정산 혜택 정도가 고작이다. 그리고 확실히 둘보다는 셋이 돈이 많이 든다. 지금이 문제가 아니라 앞으로 늘어날 교육비를 감당할 걱정이 태산이다. 게다가 막내가 커서 유치원에 갈 때쯤이면 이미 내 머리에는 서리가 가득할 텐데 '아빠와 함께하는 캠프' 어쩌고 하는 행사에 가서 같이 텐트 치고 요리하고 뜀박질할 일도 걱정이다. 체력도 체력이지만 겉모습부터 젊은 아빠들과 비교될 게 아닌가.

초등학교를 졸업할 때쯤이면 내 나이 쉰둘. 초로의 아빠가 졸업식에 오는 것을 싫어할까 봐 두렵기도 하다. 중학교, 고등학교 그리고 결혼은 또 어떤가? 생각만 해도 까마득하다.

하지만 잠자리에서 막내딸의 단풍나무 잎사귀 같은 작은 손을 만지며 고른 숨소리에 귀 기울이면 모든 시름이 사라진다. 그래, 걱정하지 말자. 어떤 식으로든 잘될 거야. 나는 낙관적으로 맘을 돌린다. 그렇다. 막내딸이 주는 즐거움은 이 모든 부담을 상쇄시켜준다. 왜냐하면 그것은 '달콤한 부담'이기 때문이다.

아들, 미안하다

유채림

  나는 아버지가 휘두르는 몽둥이에 맞아본 적이 없다. 뭘 어떻게 하라는 아버지의 지청구를 들어본 적도 없다. 아버지는 늘 조용한 사람이었다. 그저 가구회사인 직장과 집만 오가던 사람이었다. 아버지의 친구가 우리 집을 찾은 기억도 거의 없다. 알코올 분해 능력이 없는 아버지에겐 그 흔한 술친구도 없었던 모양이다. 소주라도 한 잔 마시고 들어오는 날이 아주 없지는 않았으나, 결코 친구와 함께 밟길 한 적은 없었다.

  그 아버지가 어려웠던가. 아니면 그 아버지가 불편했던가. 결코 그렇지는 않았다. 그런데도 아버지와 단둘이 있게 되는 자리를 나는 극구 피하려 했다.

  고등학교 2학년 늦가을이었을 것이다. 홍수환 선수와 파나마의 카라

스키야 선수가 챔피언 결정전을 치르던 날이었다. 학기말 고사가 임박해 있었으나 하늘이 두 쪽 나도 그 시합만큼은 보겠다고 별러온 터였다. 나는 진즉부터 텔레비전 앞에 앉아 침을 삼키면서 기다렸다. 광고는 지나치게 오랫동안 계속되었다. 동생들이 텔레비전 시청에 방해가 될 만큼 들락거렸으나 아직 경기가 시작된 게 아니어서 나는 녀석들을 그냥 내버려두었다. 내 뒤쪽에 앉아 계신 아버지 역시 별로 신경 쓰지 않는 눈치였다.

이윽고 고국에 계신 동포 여러분을 찾는 캐스터의 목소리와 함께 사람바다에 떠 있는 듯한 사각의 링이 눈에 들어왔다. 관중들 속에서는 총성과 함께 고함 소리가 터져나왔다. 몹시 살벌한 분위기여서 경기가 제대로 치러질까 싶었다. 나는 침이 말랐다. 동생들에게 물 좀 떠오라고 시키고 싶었으나, 녀석들은 언제부턴가 방에서 사라지고 없었다. 아마 어머니를 따라 시장에라도 간 모양이었다. 그렇다면 이 방 안엔 지금 나와 아버지만 있는 것인가. 나는 뒤돌아보았다. 역시 아버지만이 눈이 빠지게 텔레비전을 주목하고 있었다. 나라는 존재는 전혀 의식하지 않는지 아버지의 눈길은 이제 막 애국가가 흘러나오기 시작한 텔레비전에 고정되어 있었다. 나는 잠시 아버지와 단둘이 경기를 지켜봐야 하는 어색함에 대해 생각해보았다.

그때부터 텔레비전이 눈에 들어오지 않았다. 아버지와 단둘이 있는 방을 빠져나가고 싶다는 생각과 이 시합을 반드시 봐야 한다는 생각이 무지무지 빠르게 교차했다. 끝내 1회전 시작종이 울릴 즈음 나는 방을

아들,
미안하다

나서는 쪽을 택하고 말았다. 우리 집에서 멀지 않은 곳에 있는 친구네 서 경기를 볼 생각을 한 것이다.

지청구 한 번 들어본 적이 없는데도 아버지와 단둘이 있는 공간이 그 만큼 어색했다. 그것은 30여 년이 지난 오늘에 와서도 크게 달라지지 않았다. 본가를 찾으면 칠순을 넘긴 아버지와 독대하는 것이 여전히 어 색하다. 애써 처를 불러 중간에 앉아 있으라고 하거나, 이런저런 얘기 라면 어머니와 하는 게 다반사다.

그 점이 못내 아쉬워 내 자식들만이라도 대화 속에서 키우겠노라고 다짐에 다짐을 했건만 그게 또한 쉽지 않다. 날이 갈수록 후회막급이 다. 중학생인 작은 녀석과는 그러구러 대화를 하는 편이지만, 고등학생 인 큰 녀석과의 관계는 영 아니올시다이다. 마치 나와 아버지 사이에 자리해온 어색함을 고스란히 대물림한 꼴이다. 애써 대화를 시도해보 지만 원체 안 된다.

"담임 선생님께서 전화하셨다. 친구랑 싸웠다며?"

"예, 죄송해요."

"왜 싸운 건데?"

"그냥요."

다그쳐봐야 오히려 입만 다물지 싶어 부드럽게 얘기를 꺼내보지만 더는 안 된다. 어쩌면 나의 어린 시절과 이다지도 닮았는지 놀랍고 놀 라울 뿐이다.

그런 녀석이 얘기 좀 하자고 먼저 나선 때가 있었으니 나로서는 기연 가미연가 싶어 정말이냐고 묻지 않을 수 없었다. 그게 지난해 11월이었다. 고교 2년생이던 녀석은 학교를 그만둬야겠다고 말했다. 자다가 웬 봉창 두드리는 소린가 싶었다.

"내신이 안 좋아서 이대로는 안 되겠어요. 검정고시로 다시 시작할 거니까 한 번만 밀어주세요."

"대학 가려고?"

"전에 아빠가 말씀하신 대로 조림(造林) 공부 해보고 싶어요."

이틀 후인가, 녀석이 다니는 학교를 찾았다. 담임 선생님을 만나 사정 얘기를 하고 자퇴원서에 도장을 찍는데 가슴이 짠했다. 녀석 스스로 결정한 일인데도, 내가 전혀 경험하지 않은 세계로 녀석을 내모는 느낌이었다.

그날 밤 아들 녀석을 불러놓고 두서없이 이 얘기 저 얘기를 했다. 당연히 대화가 아니었다. 별무신통일 게 뻔한 일방적 훈계에 가까웠다. 아들 녀석은 내 말이 끝날 때마다 예, 예, 했을 뿐 내내 시큰둥했다. 말 끝에 사마천의 《사기》를 읽어보라고 한 것은 그래서였다. 관계의 중요성과 휘둘리지 않는 결단력, 특히 비럭질이나 하고 저잣거리 불량배의 다리 밑이나 기어다니던 한신이 영웅의 반열에 서기까지 자신의 인생을 포기하지 않았던 여정을 똑똑히 알게 하고 싶었다.

한 열흘쯤 지나서였을까. 회사에서 돌아온 나는 초저녁잠에 흠뻑 빠져 있는 아들놈을 보았다. 이 녀석이 정말 학교를 때려치우겠다고 결단한 놈이었나 싶었다. 안 그래도 거의 자기표현을 하지 않는 녀석이라 미덥지 못해 뵈는 마당에, 때도 없이 자빠져 자기까지 하니 환장할 노릇이 아닌가. 나는 녀석을 흔들어 깨워 《사기》를 읽었느냐고 버럭 소리를 질렀다. 한데, 돌아온 답이 뜻밖이었다.

"읽었어요."

정말일까, 의심스러워하면서 나는 그렇다면 어떤 장면이 기억에 남더냐고 물었다. 아들 녀석은 잠이 덜 깬 목소리로, 그러나 또렷하게 범려와 큰아들 얘기라고 말했다.

'범려와 큰아들 얘기라!'

게슴츠레하게 눈 뜨고 있는 아들놈이 중국 최초의 갑부인 범려의 얘기를 일선에 담고 있을 줄은 꿈에도 몰랐다. 범려가 누군가. 그의 큰아들은 또 누군가.

살인죄로 초나라에 잡혀 있는 둘째 아들을 살려내기 위해 큰아들 대신 막내아들을 초나라에 보내려 했던 범려의 일화는 오랫동안 인구에 회자되어왔다. 작은 살림을 맡기기에는 큰아들이 안정된 인물이지만, 급변에 두려움을 타고 내 것에 대한 집착이 강하니 큰일엔 적격이 아니라고 본 범려의 혜안이 시대와 상관없이 유효하기 때문이다.

아들 녀석은 범려의 큰아들에게 동질감을 느꼈던 모양이다. 아니 녀석은 큰아들에 대한 믿음이 부족한 범려의 모습을 통해 아버지인 나를 보았던 모양이다.

나 역시 그런 시절이 있었다. 원체 말이 없던 아버지에게 지청구 한 번 듣지 않고 컸으나, 그렇다고 칭찬 한 번 제대로 들어보지도 못했다. 아버지는 늘 아버지 일에 치여 살았다. 오 남매를 둔 가장으로, 잔업이 없대도 찾아서 해야 할 만큼 가난은 깊었다. 나는 아버지의 고단한 일상을 보았고, 아버지의 가난을 몸으로 느꼈다. 철없는 동생들이 무엇무엇을 사달라고 조르는 것을 보면 한 대씩 쥐어박고 싶을 만큼 나는 모든 것을 알고 있었다. 그러나 차마 입을 열 수 없어서 나는 입을 다물고 살았다. 아마도 아버지는 그런 내가 미덥지 못했을 수도 있다. 자기표현이 거의 없는 큰 녀석에게 내가 결코 믿음성 있는 눈길을 주지 못해왔듯이.

불혹의 나이가 그런 모양이다. 아들을 통해 나를 돌아보고, 아들을 통해 나의 아버지를 돌아보는 나이가 불혹인 모양이다.

아들,
미안하다

김성희 딸들과 이별 연습

'1994년 여름.' 그 여름은 따옴표로 묶고 고유명사로 기록해야 한다.

겪어본 적 없는 무더위가 여름내 계속됐다. 언론에서는 무려 32일 동안이나 열대야가 지속됐다며 호들갑을 떨었다. 달리던 차가 멈춰서고 아스팔트가 녹아내렸다.

그해 7월에 큰딸아이가 태어났다. 그 괴이한 더위조차도 나에게는 아이를 낳는 놀라운 체험의 일부이거나 아버지가 되는 통과의례 같은 것이라고 여겨졌다. 만삭의 아내와 둘이서 안양 시내에 있는 산부인과로 향할 때의 긴장과 흥분이 지금도 생생히 떠오른다.

병원 복도에서 예닐곱 시간을 초조하게 기다렸다. 옆에 있던 한 할머니는 며느리가 아들을 낳았다는 말을 듣고 덩실덩실 춤을 췄다. 세 명의 형이 내리 아들 둘씩을 낳아 무려 여섯 명의 사내 조카가 있는 나에게는 아들에 대한 열망이 전혀 없었다. 아내와 나의 아이가 태어난다는 사실이 소중할 뿐이었다.

딸을 낳았다는 간호사의 통고에 빙그레 웃음이 머금어졌다. 어떤 녀석일까. 기대와 호기심으로 가슴이 부풀어올랐다. 그런 나에게 예기치 못한 일격이 날아왔다. "젊으니까 다음에 아들을 낳으면 돼요." 좀 전에 손자를 본 할머니가 나에게 뜻밖의 위로의 말을 건넨 것이다.

한동안 나는 도대체 왜 이런 말을 들어야 하는지조차 가늠하지 못한 채 할머니의 얼굴을 빤히 내려다보았다. "저희는 딸이 더 좋아요." 할머니는 나의 대답을 괜한 자위의 말이라고 여기는 눈치였다.

딸을 차별하는 이런 식의 말들은 그 뒤로도 종종 들었다. 귓등으로 흘려듣기는 해도 말이다.

숨죽이고 누워 있어도 땀이 줄줄 흐르던 그 여름, 열 평짜리 신혼집에서 아내에게 미역국을 먹이겠다고 사골을 고아댔다. 한증막이 따로 없었다. 온몸에 땀띠가 돋아난 채로 아이에게 젖을 물리고 있는 아내의 표정은 마냥 평화로웠다.

좋은 이름을 짓겠다고 고심하다가 출생신고 기한을 넘겼다. 동사무소에 이만 몇천 원의 과태료를 내야 했다. 신고지연사유서 양식에는 몇 가지 예시 문항이 있었는데 그 중 하나가 '부모의 무지'였다. 멋쩍게 웃으며 그것을 선택했다. 아이를 낳아 기르는 일에 학교와 책에서 배운 지식은 별 소용이 없었다. 무지하다면 무지했다고 자인하지 않을 수 없었다.

딸들과
이별 연습

큰딸에게 상처받은 아비의 순정을
아직은 둘째 딸이 위로해준다.
그러나 이제 딸들과의 애정관계는
크게 '조정' 당할 수밖에 없을 것이다.
그리고 어느 순간엔가
남자친구, 애인, 남편감을 데리고 와서
나로서는 전혀 동의할 수 없는 이유를
늘어놓으며 자랑을 해댈 것이다.
그날이 머지않았다.
상상만으로도 가슴 한쪽이 시려온다.

우리는 딸에게 '마로'라는, 성별과 무관한 이름을 지어주었다. 산마루의 마루와 마로는 같은 말이다. 으뜸으로 높다는 뜻이다. 어머니께서 작명소에서 '세희'라는 이름을 지어오셨지만 나는 스스로 떠올린 그 이름을 고집했다.

몸을 추스르고 나서 아내는 다시 출근을 했다. 뒤늦게 대학원에 다니고 있던 내가 몇 달 동안 아이를 돌봐야 했다. 출판사에 교열 아르바이트를 하고 원고를 넘겨주러 갈 때도 딸아이를 띠로 안고 젖병을 물린 채 가기도 했다. 전철에서 그런 나의 모습을 보고 할머니들이 엄마가 아이를 버리고 도망간 가련한 아버지와 딸이라도 되는 양 혀를 끌끌 차며 안쓰러운 눈길을 보내곤 했다.

이 년 뒤에 둘째가 태어났다. 또 딸이었다. 이 녀석의 이름 역시 성별과 무관하게 '한바라'라고 지었다. 넓은 바다라는 뜻이다. 큰아이 때의 경험이 있어서 태어나기 전에 미리 이름을 지어두었다.

태어나던 날 처음 만난 그 얼굴이 지금도 눈에 선하다. 오뚝한 코와 반듯한 이목구비. 세상의 어느 아이보다 예쁘게만 보였다. '눈에 넣어도 아프지 않을'이라는 말이 왜 생생한 비유인지 딸들 때문에 실감할 수 있었다. 아내 역시 큰아이 때와 마찬가지로 딸을 낳은 일을 흡족해했다. 시어머니께서 허전해하시는 것은 아랑곳없이.

어머니께서는 큰아이의 이름을 남자처럼 지은 탓에 터를 잘못 팔아 또 딸을 낳았다고 아쉬워하셨다. 우리 부부는 주변에서 뭐라고 하든지 딸들을 차별 없이 사랑하며 키우겠다고 다짐했다. 거창하게 진보적 가치까지 들먹일 것도 없이 사랑스런 딸들이 우릴 절로 그렇게 만들었다.

둘째 딸은 첫아이와 두 살 터울이다. 둘째가 태어난 뒤, 출근을 하지 않는 주말이면 나는 큰딸을 데리고 온종일 밖으로 나돌았다. 아내가 갓난아이와 고요히 쉴 수 있게 해주려는 생각에서였다.

한번은 낡은 프라이드 승용차에 큰딸을 태우고 둘이서 강화도를 향해 달리다가 갑자기 쏟아진 폭설 때문에 길을 잘못 들어 김포의 막다른 바닷가에 다다른 적이 있다. 약암온천을 지나 지금은 초지대교로 강화와 연결된 지점 근방이었다.

철망으로 가로막힌 도로 너머로 앞을 가늠하기 힘들게 폭설이 퍼붓고 어두운 하늘 아래 강화도의 염하가 천천히 출렁이며 흘러가고 있었다. 나는 한동안 바다를 응시하며 그 순간의 느낌들을 마음에 깊이 새겨두었다. 문득 집에 있는 아내와 갓 태어난 둘째 딸, 그리고 함께 차 안에 있는 큰딸, 이 세 여자들의 운명이 나와 직결되어 있다는 생각이 새삼스레 실감났다.

불과 두 돌이 지났을 뿐인 큰딸이 퍼붓는 눈발을 바라보며 "아빠, 조심해서 운전해야 돼" 하며 나를 독려했다. 집으로 돌아오는 길에 식당에 들어가 둘이서 점심을 먹었다. 그런데, 밥상을 사이에 두고 마주 앉은 마로가 수저를 챙겨서 내 앞에 놓아주는 게 아닌가. 태어난 지 불과 이십몇 개월밖에 안 된 녀석이 어떻게 그럴 수 있었을까. 그것은 억센 사내 형제들 틈에서 자란 나에게 '아, 딸들은 다르구나' 하는 신념을 심어준 장면이기도 하다.

두 딸은 무뚝뚝한 경상도 사내였던 나를 변화시키고 나에게 남아 있던 일말의 가부장적 권위를 부드럽게 해체시켰다. 늘 입이 반쯤 벌어진 바보 같은 표정으로 품에 안긴 딸들을 바라보거나 시도 때도 없이 볼에 뽀뽀를 하며 물고 빨아대는 나를 두고 경상도에 살고 있는 형제들과 사촌들은 혀를 끌끌 차며 안쓰러워했다. 심한 경우에는 "아 하나 맛이 갔네. 우예 저래 됐노?", "뭐 잘못 묵었나" 하며 걱정스러워하기도 했다.

경기도 광주의 산 중턱에 있는 집까지 두 시간 가까이 걸리는 퇴근길. 대개 몸도 마음도 물에 젖은 솜처럼 혼곤해져 집으로 돌아온다. 집을 향해 산길을 걸어올라가다 보면 캄캄한 숲 속에 환하게 빛나는 거실의 불빛이 내게 말할 수 없는 안도감을 준다.

현관을 열고 들어서는 순간 딸들은 펄쩍펄쩍 춤을 추면서 달려와 안긴다. 과분한 환대다. 그러나 딸들과의 이러한 완전한 일체감이 영원할 것 같지는 않다. 요즘 그런 조짐이 보인다.

이제 큰딸이 중학교에 간다. 이미 제 어미보다 한 뼘은 더 키가 커버렸다. 이제 아비는 덮어놓고 뺨에 뽀뽀를 할 수도 없다. 방문 앞에서는 노크를 해달라는 요구도 한다.

책상 옆에는 무슨 암호 같은 이름의 댄스 그룹 브로마이드가 붙어 있기 일쑤다. '초딩'들의 호주머니를 노린 연예기획사들의 미소년 프로

젝트 그룹들일 것이다. "음악성이 없다", "애들 몇 달이나 갈 것 같으냐?", "사내자식들이 생긴 게 이게 뭐냐? 김장독이라도 파묻을 수 있겠어?"(그 무렵 김장을 했다. 산에 김장독을 파묻는 건 나의 고유한 역할이다) 엠피쓰리플레이어 이어폰을 귀에 꽂은 채 정신이 팔려 있는 딸에게 나는 걸핏하면 심통을 부리며 가수들을 폄하한다. 하지만 별로 귀담아듣는 눈치가 아니다.

큰딸에게 상처받은 아비의 순정을 아직은 둘째 딸이 위로해준다. 그러나 이제 딸들과의 애정관계는 크게 '조정' 당할 수밖에 없을 것이다. 그리고 어느 순간엔가 남자친구, 애인, 남편감을 데리고 와서 나로서는 전혀 동의할 수 없는 이유를 늘어놓으며 자랑을 해댈 것이다. 그날이 머지않았다. 상상만으로도 가슴 한쪽이 시려온다.

그런데, 가만히 돌이켜보니, 아내 역시 그런 딸이었을 것이다. 나는 처가의 부모님들께 합당한 동의 과정을 거치고 아내를 데려왔는가? 나는 조금씩 멀어지는 딸들과의 거리에 상실감을 느낄 때마다 스스로에게 이렇게 물어보곤 한다.

아버지의 호 박성용

    2006년 8월, 아버지께서 돌아가셨다. 1915년에 태어나셨으니까 우리 나이로 치면 아흔두 살이다. 나하고는 나이 차가 마흔아홉이다. 내가 초등학교에 입학했을 때 아버지는 쉰일곱이었다. 내가 초등학교 4학년 때는 아버지의 회갑잔치가 벌어져 담임 선생님의 눈이 휘둥그레지기도 했다.

    아버지는 8남매를 두셨다. 큰누님이 몇 해 전 칠순잔치를 치렀으니 그 누님하고도 엄마와 아들만큼의 나이 차가 난다.

    내 주변을 보면 우리 세대 중에 아버지와 대화라는 것을 변변히 해본 사람이 드문 것 같다. 나 또한 마찬가지다. 사람들은 내가 아버지와 나이 차가 많은 걸 알면 "아이고, 아버지께서 많이 예뻐해주시고 사이가 각별했겠네"라고 말하지만 속 모르는 이야기다. 아버지는 한마디로 속정을 겉으로 잘 드러내지 않은 무뚝뚝한 남자였다. 여기에 나이 차도 많아 나는 아버지가 어렵게만 느껴졌다.

　어린 시절의 어느 날, 동네 친구가 시골에서 할아버지께서 오셨다고 펄쩍펄쩍 뛰며 좋아했다. 나는 그 친구를 물끄러미 바라보며 속으로 부러워했다. 할아버지, 나도 한 번쯤 불러보고 싶은 호칭이었다. 하지만 나는 할아버지를 뵌 적이 없다. 내가 태어났을 때 할아버지는 이미 이 세상 사람이 아니었다. 그날따라 아버지가 원망스러웠다. 왜 나를 늦게 낳아서 할아버지 얼굴조차 볼 수 없게 만들었는지 이해하기 어려웠다. 골이 잔뜩 난 채 집에 들어온 나는 어머니를 향해 폭탄선언을 했다.

　"엄마, 친구들 중에 나만 할아버지가 없어. 앞으로 아버지를 할아버지라고 부를 거야. 할아버지처럼 나이가 많잖아."

　어머니는 얘가 지금 뭔 소리를 하나 지켜보다가 이내 눈꼬리를 치켜올리며 총채를 들고 방 안에서 달려나왔다.

　"이놈이 지금 정신이 있는 거야, 없는 거야. 멀쩡한 아버지를 할아버지라고 부르다니. 이놈아, 할아버지라고 불러만 봐. 다리몽둥이가 성치 않을 테니까."

　어머니는 도망치는 내 등짝을 총채로 한 대 후려치며 목소리를 높였다. 어머니의 회초리 사정거리에서 벗어난 나는 뒤를 돌아보았다. 그런데 웬일인지, 어머니는 대문 앞에서 나를 보며 빙긋이 웃고 있는 게 아닌가. 알다가도 모를 어른들의 세계였다.

아버지는 한마을에 집안 사람들이 모여 사는 고향 상주에서 농사를 지으며 정규교육 대신 한학을 배웠다. 어린 나는 아버지의 학력도 불만이었다. 학년이 올라갈 때마다 제출하는 가정생활조사서의 부모 학력 기입란에 뭐라고 써야 할지 매번 곤혹스러웠다. 아버지는 가끔 나를 불러 앉혀놓고는 한자를 가르치곤 했는데, 도통 관심과 열의 없이 심드렁해하는 나를 보며 "에이, 그렇게 알려줘도 그새 몰라" 하며 너털웃음을 터뜨리곤 했다.

아버지는 서울이 아닌 고향에 그냥 계셨어야 하는 분이었지 싶다. 전답을 팔아 당신 먼저 상경해서는 손대는 일마다 투자금을 날리더니 나중에는 마지막 남은 땅을 처분하고 서울에 집 한 채를 마련해 식솔을 데리고 올라와서는 돌아가실 때까지 변두리로만 전전했다. 게다가 아버지는 집을 돈으로 바꾼다는 개념 자체가 아예 없으셨던 것인지 부동산으로 가세를 불릴 기회가 올 때마다 "올해는 동쪽으로 이사하면 안 되여" 하면서 어머니와 누님들의 제안에 번번이 퇴짜를 놓았다. 당시 어린 내가 봐도 나머지 식구 모두가 똘똘 뭉쳐도 아버지한테는 게임도 되지 않았다. 보다 못한 어머니가 "책 펴 들고 방위 따지고 뭐 따져서 언제 이사 가고 언제 집을 키우냐"고 역정을 내면 "아무것도 모르는 할마이는 잠자코나 있어"라고 퉁을 줬다. 또 하루아침에 권력자가 될 터수였던 어느 집안과 오가던 누님의 혼담도 당신의 기준으로 이것저것 따진 끝에 별 볼일 없다며 거절한 적도 있다고 하니 그 성정 오죽했으랴.

그런 아버지가 어느 해 여름 나를 업고 관악산 계곡으로 놀러 갔다.

아버지의
호

시원한 계곡물에 발을 담근 아버지는 "청산리 벽계수야 수이 감을 자랑 마라"를 비롯하여 여러 시조창을 읊으면서 더위를 식혔다. 나는 느려터 진 이상한 노래를 흥얼거리는 아버지가 너무 낯설고 또 비현실적으로 보여 가까이 가기 두려웠다. 나중에 알고 보니 아버지는 시조를 기막히 게 부르는 김월하 선생의 열혈 팬이었다.

지난여름 아버지를 땅에 묻고 나서 스스로에게 물어보았다. '아버지 와 내가 평생 동안 나눈 대화 시간은 얼마나 될까?' 아무리 후하게 쳐 도 한 시간 남짓밖에 안 될 것 같다는 생각이 들자 새삼 가슴이 미어졌 다. 어려서는 어리다고 말이 안 통해서, 철들어선 고리타분한 옛날 사 람이라며 대화 상대로조차 여기지 않았던 것이다. 철들자 탈상이라더 니, 아버지는 내가 교과서에서 배웠던 고종·순종의 대한제국 말년, 일 제 시대, 해방, 미군정, 한국전쟁, 자유당정권, 4·19혁명, 5·16쿠데 타, 공화당 창당 등 우리나라 근현대사의 격랑을 온몸으로 겪은 세대인 데, 나는 그것을 애써 외면하고 다른 데서 그 의미를 찾으려고만 했던 어리석은 자식이었다. 누님들 말에 따르면 아버지는 일제 시대 때 만주 와 몽골로 떠돌아다닌 적도 있었다고 하니, 나는 왜 아버지의 그 생생 한 이야기에 귀를 기울이지 않았는지 모르겠다.

아버지는 가난했지만 남에게 신세 지는 걸 싫어했다. 몇 번이나 기회 가 왔지만 크게 돈 버는 일에도 관심이 없었다. 하지만 격식을 따지고 됨됨이를 짚고 넘어갈 때는 물러서지 않았다. 나는 이런 아버지가 세상과 동떨어진 조선 시대 사람처럼 느껴져 실망도 하고 때로는 화가 나기도 했다. 그럴 때마다 어머니는 "그래도 니 아버지는 너희한테 매 한 번 안 들고 허튼소리 한 번 안 하신 양반이다. 주변 사람들한테 반 군자로 통했던 사람"이라고 나를 나무랐다. 아버지는 칠팔 년 전 위암 수술을 받은 어머니의 치료비를 계산할 때 "니들 엄마 병원비는 내가 내야 격이 맞다"며 자식들이 모아서 건네는 돈을 뿌리쳤다.

  어른이 되고서 나는 두 가지 다짐을 했다. 일찍 자식 농사를 짓겠다는 것과 귀에 딱지가 앉도록 자식과 수다를 떨겠다는 것이었다. 그러나 현실은 정반대였다. 서른넷에 결혼하고 서른일곱에 딸아이를 얻었다. 나와 딸의 나이 차 또한 만만치 않은 셈이다. 게다가 핏줄이 어디 가겠는가. 내 딴에는 딸아이와 놀아주고 이야기도 하느라고 하지만 아내의 눈에는 내가 고래힘줄처럼 뻣뻣하고 재미없는 아버지로밖에 비치지 않으니 말이다.
  삼우제를 지내고 석물을 고르면서 묘비에 들어갈 문구를 생각하는데 형이 말했다.
  "아버지 호가 있으니까 호도 넣어라."
  "아버지 호가 다 있었어?"
  "그걸 여태 몰랐냐. 황룡(黃龍)이다."
  "황룡? 황룡이 뭐야, 촌스럽게."
  "원래 호는 조금 촌스러운 거다."

아버지의
호

나는 돌아서서 눈가를 훔쳤다. 아버지에게 호가 있었다는 것조차 모를 정도로 무심했던 나 자신이 원망스러웠다. 그러고도 한때 시를 쓰네, 문학을 합네 했던 나의 지난날을 떠올리면 아버지의 영정 앞에서 차마 고개를 들 수 없었다.

어머니와 뚱이 2대 유창주

　몇 달 전 아버님의 건강이 좋지 않다는 형의 연락을 받고 마산에 다녀
왔다. 아버님은 한 달 사이에 몇 차례 치매 증상을 일으켰다. 어머님의
얼굴에 수심이 가득했다. 마흔이 넘도록 자식 노릇을 제대로 못하고 있
으니 뵐 낯이 없다. 자식 둘 모두 마흔을 넘겼건만 어머니 눈에는 여전
히 물가에 내놓은 아이들 같은가 보다.

　아버님은 당신 연세 마흔 즈음에 어머님의 속을 무척이나 썩이셨다
고 한다. 사업을 벌이기만 하셨지 갈무리에는 서툰 아버님 때문에 골치
아픈 뒤처리는 언제나 어머님의 몫이었고, 음악과 미술에 마음을 두셨
던 어머님의 꿈은 자연히 밀려날 수밖에 없었다. 게다가 연이어 사업에
실패하면서 아버님은 세상과 담을 쌓아버리셨으니 실질적으로 가정을
이끌어가셔야 했던 어머님의 고충이 어떠했을지……. 하지만 쪼들리

는 집안형편을 모르는 척 두 아들마저 생업을 뒤로 하고 예술판에 뛰어들었을 때도 어머님은 단 한 마디 싫은 소리를 입 밖에 내지 않으셨다.

그날, 새벽녘, 솔가지를 모아 불을 지피시는 아버님 어깨너머로 말없이 어머님이 지켜보고 계셨다. 연기가 모락모락 피어오르고 순식간에 안개가 되어 풍경을 덮어버린다. 안개가 걷히자 눈에 눈물이 어려 있는 어머님의 모습이 들어온다. 연기처럼 흩어져버린 지난 세월에 대한 애도일까. 집을 나서고도 내내 어머님의 모습이 눈에 아른거린다.

얼마 전 소지품을 정리하다가 누렇게 바랜 종이뭉치를 발견했다. 어머니께서 틈틈이 쓰신 글들이었다. 어머니는 내가 쓰다 버린 노트 여백에 늘 무언가를 적으셨는데 나는 한 번도 그것을 유심히 본 적이 없었다. 곰곰 생각하니, 심심해서 적은 것인데 시간 나면 맞춤법이라도 봐달라고 하셨던 어머님의 말씀이 기억난다. 그런데 십 년이 넘도록 들쳐보지도 않았던 것이다…….

평론을 쓰네 어쩌네 우쭐거리며 늘 책을 손에서 놓지 않는 아들이 그래도 글에 있어서는 전문가가 아니겠느냐는 생각으로 자문을 의뢰하셨던 것 같다. 아니면 자기 생각에만 빠져 있는 무심한 아들 녀석에게 글을 통해서나마 당신의 마음을 전하고 싶으셨던 것일까.

그 종이뭉치가 유독 내 눈을 끌게 된 이유인즉 서두가 "뚱아"로 시작되었기 때문이다. 우리 집 뚱이 말고 또 뚱이가 있었구나! 그것은 우리 뚱이가 아내 뱃속에 있을 무렵 어머니께서 내게 보낸 편지였다.

뚱아 / 저녁노을 / 인생의 길 / 청춘의 젊은 날이 / 그 얼마나 값진 시절
인지 / 많은 세월 안고 그어진 / 사연 묻힌 / 인생 연인길 / 백발이 된
머리카락 / 검정 물감 발라놓은 듯 / 마음뿐 청춘이라지 / 청춘의 젊은
날이 / 그 얼마나 값진 시절인지 / 저녁노을 아래 / 서 있는 / 밭도랑에
삭은 수수깡이 되기 전에 / 청춘을 잡아라

그때만 해도 어머님의 눈에 비친 내 모습은 청춘이었나 보다. 분가하
기 전 상록수역에서 5분 거리인 집 앞에는 텃밭이라 부르기에도 옹색한
작은 공터가 있었고 어머니는 틈만 나면 그곳을 일구셨는데 그때도 나
의 타고난 무심함은 어쩔 수 없었던 모양이다. 집 안에 안 계시면 텃밭
에 계신가 보다 생각했을 뿐 찬찬히 들여다본 적이 없었다. 어느 날 코
스모스가 다 지기 전에 사진이나 한 장 찍자고 하셨을 때 비로소 주변
에 늘어선 마른 수숫대를 봤던 기억이 난다.

아내가 어머니의 글에 새삼스레 빠져 있는 내 앞에 커다란 상자 하나
를 내려놓았다. 얼마 전 어머니께서 이제 애도 컸으니 애비 사진은 네
가 정리하라며 보내주셨다는 것이다. 상자 속에는 내 유치원 앨범이 들
어 있었고 지금 집사람보다 더 젊고 활기찬 모습의 어머니와 금테 선글
라스를 낀 유행에 민감했던 아버지, 그리고 그 앞에 나란히 서 있는 아
들 둘이 담겨 있다.

지금 우리 뚱이보다 어린 사내 녀석을 보면서 왜 뚱이를 보는 사람마
다 나를 꼭 빼닮았다고 하는지 그제야 수긍한다. 늘 제 엄마를 더 닮았

다고 생각했었기에.

  지금 내 앞에는 뚱이가 노래를 흥얼거리며 자기 보물들을 정리하여
서랍에 넣고 있다. 일명 보물상자로 불리는 그 서랍을 행여 누군가 열
기라도 하면 귀신같이 알아챈다. 이제 열 살을 막 넘긴 녀석에게 '청춘
을 낭비하지 말라' 한들 무슨 소용이 있으랴. 그러나 내게도 자식을 바
라보는 부모의 눈이 하나 더 달려 있음은 분명하다.
  아들 녀석을 불렀다. 들은 척을 안 한다. 그래서 "뚱아, 여기 편지 왔
다!" 하고 소리쳤더니 미심쩍어하는 표정으로 양손엔 제가 아끼는 물
건들을 든 채 달려온다.
  "에이, 이게 뭐야?" 하다가 녀석의 눈에 '뚱아' 라는 글씨가 들어온
모양이다. 소리 내서 글을 읽는 녀석, 과연 무슨 말을 할까?
  "어, 이거 아빠 뚱이잖아? 우리 할머니 참 멋있다!"

  언제나 한결같은 모습으로 서 계시는 어머님에게 이 아들은 오십이
되고 육십이 되어도 언제나 뚱이이리라. 모든 것을 묵묵히 참아내신 어
머님……. 나는 나이만 먹었을 뿐 어머님의 40대를 이해하기까지는 아
직 더 많은 시간이 필요할 것 같다.
  새해에는 낡은 피아노라도 한 대 마련하여 보내드려야겠다.

인사는 옆이나 뒤로 하는 것이야

김성회

　둘째 형.

　일찍 돌아가신 아버지 대신, 늦둥이로 태어난 저를 건사한 사람이 바로 형이었지요. 형은 저보다 무려 열다섯 살이나 위여서 형제라기보다는 삼촌처럼 여겨지곤 했습니다. 제가 대학에 입학했을 때 서울에 올라와서 베이지색 양복 재킷을 사주고, 입학금을 내준 사람도 형이었습니다. 그뿐인가요. 스물한 살 때 결핵에 걸려 휴학한 저를 선뜻 부산 영도에 있는 형님 댁으로 데려가서 치료해준 것도 저는 잊지 않고 있습니다.

　그 무렵의 형은 서른예닐곱 살, 지금의 저보다도 훨씬 젊은 나이였습니다. 어깨를 늘어뜨리고 실의에 빠져 있던 저에게 형은 낚싯대를 챙겨주며 바다낚시를 권했지요. 새벽마다 항결핵제를 한 움큼씩 삼켜야 했던 저는 무척이나 마음이 황량했습니다. 특별히 갈 곳도 없고 아는 사람도 없는 부산에서 해야 할 일이 그것밖에 없는 사람처럼 혼자서 동삼

동 해안도로를 참 많이 걸어다녔습니다. 송홧가루 날리던 그 길을 걷다 보면 언덕 아래로 납물처럼 무겁게 출렁이는 바다와 끝 간 데 없이 뻗어 있는 수평선이 펼쳐져 있었습니다. 그 풍경들조차 제게는 막막한 외로움의 상징처럼 기억에 남아 있습니다.

예닐곱 살밖에 안 된 어린 자식들이 있는 집으로 폐병 걸린 동생을 데려가는 것이 쉬운 일이었을까. 그때는 잘 몰랐는데 세월이 지난 뒤에 돌이켜보면서 그것이 쉽지 않은 결정이었음을 깨달았습니다. 맞벌이를 하는 형과 형수님 두 분이 서둘러 출근하고 나면 저는 버스를 타고 병원에 가서 주사를 맞고 약을 타오거나 낯선 남포동 거리를 헤매던 끝에 '문우당 서점' 한 귀퉁이에서 책을 읽다가 해질 무렵 천천히 해안도로를 걸어 집으로 돌아오곤 했습니다. 그렇게 6개월여를 형님 댁에서 살았습니다.

힘겹기는 했지만 그나마 대학을 마칠 수 있었던 것도 형의 도움 덕이었습니다. 그러나, 장남도 아니면서 집안의 모든 책임을 혼자 떠맡아야 했던 형에게 저는 어떤 동생이었던가요. 대학을 마치고 형이 지고 있던 무거운 짐을 나누기는커녕 시국사범으로 수배되어 가족들과 연락이 두절된 채 몇 년씩 떠돌았고, 교도소로 면회까지 오게 만들었으니 저는 무던히도 속을 썩인 막내였습니다.

이런 전력 때문에 명절 때 정치 이야기가 화제에 오를 때면 저는 형님에게 마치 우리 세대의 대표라도 되는 양 질책을 들어야 했습니다. 우

인사는 옆이나 뒤로
하는 것이야

리 세대의 정치적 성향에 대해 형님 세대가 동의하지 않는 것은 당연한 일인지도 모릅니다. 물론 우리 세대라고 해서 단일한 정치적 견해를 가지고 있는 것도 아니겠지만 말입니다.

아무튼, 형님이 가족을 부양하고 가난을 벗어버리기 위해 개인의 기호나 정치적 신념 같은 것은 미처 돌아볼 겨를도 없이 달려온 데 비해 저는 세상에 대해 큰 목소리로 자기주장을 했던 것은 분명합니다. 그렇게 잘난 체를 할 수 있었던 것도 형님의 헌신과 희생이 있었기에 가능했다는 것을 저는 잘 알고 있습니다.

몇 년 전, 설 연휴에 고등학교 졸업반쯤 된 두 조카, 형님과 함께 재약산에 올랐던 일을 기억하시는지요. 표충사 뒤편으로 뻗어 있는 등산로를 서너 시간 걸어올라가면 해발 천 미터 고원 수백만 평의 평탄지형이 억새로 뒤덮여 있는 '영남 알프스', 그곳 말입니다. 우리는 당시만 해도 '고사리분교' 터가 남아 있던 산상 마을의 닭백숙집에서 언 몸도 녹일 겸 점심을 먹었지요. 그때, 연방 살코기를 발라 두 조카의 숟가락 위에 올려주는 형의 모습을 보면서 저는 가슴이 뭉클했습니다. 일찍 돌아가신 아버지가 문득 떠올랐기 때문입니다. 아비가 된다는 것은 그렇게 살코기를 발라 자식의 입 안에 넣어주면서 흐뭇한 웃음이 입가에서 떠날 줄 모르는 그런 것이 아닐까 싶었습니다.

형님은 부산에서 대학에 다니고 있었으니 아버지가 돌아가시기 전

아버지는 돌아가시기 일 년 전에
중학교 2학년인 저를
태권도 도장에 보내기 시작했습니다.
"니, 아버지가 없어도 씩씩하게 잘해나갈 수 있제?
이제 다 컸다 아이가." 가끔 이렇게 말씀하시면
제 마음이 얼마나 무겁던지,
저는 눈물을 삼키느라
대답도 제대로 못하곤 했습니다.

사오 년 동안 서울에 남아 있던 우리 가족이 어떻게 살았는지 자세히는 모르실 겁니다. 아버지는 제가 초등학교에 다닐 때 이미 50대 중반이었습니다. 초등학교 5학년 여름방학 때의 어느 날이 저에게는 건강한 아버지와 함께한 어린 시절의 마지막 추억으로 남아 있습니다.

아버지가 남기고 간 수십 권의 일기장 가운데 어느 한 귀퉁이에서 "아무리 노력해도 현금이 들어오지 않는다"라는 구절을 읽으며 오열한 적이 있습니다. 그 일기가 씌어진 무렵의 일입니다. 모처럼 아버지는 쿠웨이트의 바이어에게 몇만 달러어치의 물품을 수입하겠다는 신용장을 받아 얼마간의 현금을 융통하게 된 모양입니다. 들뜬 표정의 아버지가 대낮에 집에 들어오시더니 작은누나와 막내형과 저를 데리고 어린 이대공원으로 소풍을 가자고 했습니다. 지금도 남아 있는 코끼리 앞에서 찍은 기념사진 속의 저는 아이스크림을 들고 어색한 표정을 짓고 있더군요. 불과 540원밖에 하지 않던 육성회비조차 간신히 내던 집안형편을 걱정하던 저로서는 단 하루였지만 그날의 호사가 여간 조마조마했던 게 아니었습니다. 아마도 아버지는 어린 우리들의 그런 그늘이 마음에 걸리셨던 모양입니다. 계획에 없던 소풍도 그 때문에 진행하신 것일 테고요.

아버지는 돌아가시기 일 년 전에 중학교 2학년인 저를 태권도 도장에 보내기 시작했습니다. "니, 아버지가 없어도 씩씩하게 잘해나갈 수 있제? 이제 다 컸다 아이가." 가끔 이렇게 말씀하시면 제 마음이 얼마나 무겁던지, 저는 눈물을 삼키느라 대답도 제대로 못하곤 했습니다.

아버지가 돌아가신 뒤에 형님이 없었다면 저는 어떤 삶을 살게 되었을까요. 제가 아내와 힘겹게 맞벌이를 하면서도 아이는 둘 이상 낳아야겠다고 망설임 없이 생각했던 것도 부모가 떠난 뒤에 남을 아이들에게는 서로 의지할 형제가 있어야 한다는 생각 때문이었습니다. 그것은 경험을 통해 학습한 신념 같은 것이었지요.

이제 저도 마흔이 훌쩍 넘은 중년의 사내가 되었습니다. 이 나이 먹도록 자식들 건사하고 제 앞가림 하는 일만으로도 허덕이면서 살아온 제 모습을 돌이켜보니 지금의 저보다도 훨씬 나이가 아래였던 그 무렵의 형님에게 동생을 돌보고 어머니를 모시는 일은 얼마나 힘겨웠을까 하는 생각에 가슴이 아릿해집니다. 그때 어려운 내색 한 번 하지 않았던 형님이나 형수님의 웅숭깊은 마음을, 제가 아이를 낳아 길러본 뒤에야 비로소 조금이나마 이해할 수 있었습니다. 늘 늦된 저답게 말입니다.

마흔을 넘어선 뒤로는 부쩍 '이대로 늙어버리는 걸까' 싶어 가슴 한 구석이 허전해지는 순간이 잦습니다. 그럴 때마다 돌아가시는 날까지 삶의 희망을 포기하지 않고 분투하던 아버지, 또 아버지 대신 동생들까지 건사하느라 애쓰던 형님 생각을 하면서 허리를 곧추세우고 마음을 다잡습니다. 어쩌면 마흔이 넘은 나이에 제 앞가림만으로도 버거워하는 것이 덜 자란 아이처럼 나약한 푸념 같은 것인지도 모르겠습니다.

아직도 저는 가끔씩 일찍 돌아가신 아버지를 안타깝게 떠올립니다. 아버지는 지금의 제 나이에서 고작 16년밖에 더 못 사셨습니다. 아버지

인사는 옆이나 뒤로
하는 것이야

가 제 곁에 조금만 더 남아 계셨더라면, 그 이후로 제 삶을 휩쓸었던 격랑들이 그토록 혼란스럽지는 않았을 텐데 싶으면서도, 그나마 형님들이 계셨던 게 얼마나 다행스러운 일이었는지 모른다 싶습니다.

그러나 이제 와서 부모님이나 형님들에게 받은 은혜를 되갚는 일은 불가능할 뿐만 아니라 의미도 없다는 생각이 듭니다. 《나락 한알 속의 우주》로 알려진 장일순 선생께서는 신혼여행을 다녀와 답례품을 내미는 제자에게 "여보게, 인사는 꼭 앞으로만 할 필요가 없어. 옆이나 뒤로 하는 게 더 좋아"라고 말씀하셨다고 합니다. 저는 이 말씀을 가끔 되새깁니다. 부모님과 형님에게 받은 은혜는 여전히 눈물바다인 이 세상에 혼자인 듯 외로운 길을 걷고 있는 누군가를 향해 따뜻한 손길을 내미는 식으로 갚으려 합니다. 그것이 인사를 옆이나 뒤로 하는 일이기도 할 테니까요.

3

나는 살아 있다,
고로 생활한다

문득, 내 나이가 마흔둘이라는 생각이 스친다.
삶에 대한 낭만적 가능성이 사라진 나이, 이제는 이룰 수 없는
꿈들에 대한 회한의 나이…….또 한 잔을 마신다.
사는 일이 구차하고 쓸쓸해진다. 늙어 아픈 곳이 많은
부모님과 손톱 여물을 썰며 살아가는 아내,
아무것도 모르는 어린 것들,
그들이 오로지 바라보고 있는 나 자신까지도.

철없고 끈기 없는 남편,
미용실 주인이 되다 한재희

    P 헤어스튜디오 여의도점 원장. 이것이 한 달 전 새로 만든 명함에 박혀 있는 현재 나의 직업이다.

    대학을 졸업할 당시 나름대로 인기 있는 직종이었던 광고회사에 취직했던 내가 미용실 주인이 된 것은 다분히 의외라 할 수 있겠다. 하지만 평생직장보다는 평생직업이 더 절실하다는 이 시대에 평생직업의 영역으로 첫발을 디딘 셈이니 자축할 만한 일이라고 해도 될 것 같다.

    프랜차이즈 형태로 운영되는 P 미용실을 열기로 결정하고 관계자들을 많이 만나면서 자주 들은 얘기가 있다. "전혀 미용을 하지 않으신 분이 정말 미용인 같으시네요" 혹은 "아, 그럼 헤어 디자이너세요?" 칭찬인 것 같은데 듣는 나에게는 좀 묘한 느낌을 주는 말이었다. 줄곧 광고나 마케팅과 관련된 일을 하면서 한 번도 들어보지 못한 말이 '광고하는 사람 같다'는 말이었음을 생각하면 뒤늦게나마 나의 길을 찾은 것인지도 모르겠다.

　인간만사새옹지마라 했던가? 내가 10년을 다니던 회사에 남들의 부러움을 사면서 사표를 내게 된 것은 고객사에서 스카우트 제의를 받았기 때문이었다. 내가 회사를 옮긴 시점이 외환 위기가 시작되기 몇 달 전이었으니 이래저래 다행이었던 셈이다. 나의 빈자리를 충원할 새도 없이 외환 위기를 맞은 우리 부서는 그 호된 정리해고 과정을 나 때문에 비켜갈 수 있었으니 말이다.

　옮겨간 외국계 회사는 너무 많은 연봉으로 나를 놀라게 하더니 너무 많은 해외출장과 회의로 나를 또 한 번 놀라게 했다. 그러나 몇몇 사람들이 외국인 사장의 눈에 들기 위해 나의 뒤통수를 사정없이 후려치는 사건이 발생하면서 고액연봉의 마력에 빠져 하루하루 어렵게 연명해온 그곳을 떠나게 되었다. 돌이켜보면 같은 한국인이자 동료인 나의 뒤통수를 친 사람들이나 그들의 반칙에 옐로우카드를 빼드는 대신 손쉽게 속죄양으로 삼아 상황을 무마한 외국인 사장이나 기대할 것이 없기는 매한가지였다. 그럼에도 안에서는 손쓸 도리가 없었던 나는 나의 사표가 그들에게 어떤 메시지를 전해주었으면 하고 바랐다. 결과는 자신의 '순진'을 씁쓸하게 인정해야 하는 것이 되었지만 말이다.

　그래서 후회하느냐고? 그 달콤한 연봉과 처자식을 생각하면 그러지 말았어야 하는 거 아니었나 싶은 생각이 들 때가 나라고 왜 없었겠는가? 하지만 이미 끝난 일이고 아마도 같은 상황에 다시 한 번 놓이게 된다 하더라도 나라는 인간은 나중에 후회할망정 또다시 같은 선택을 하지 않을까 싶다.

어쨌거나 '좋은' 직장을 박차고 나와서 보란 듯이 잘 먹고 잘살았는지 이야기할 순서인 것 같은데 임금 피크제라는 것을 갖고 설명해보면 어떨까 싶다. 나이나 경력이 최고 수준에 도달한 후 일정 단계를 넘으면 다시 임금이 인하되면서 일자리를 보장받는 똑똑한 제도 말이다. 개인의 수입이나 재산에도 이런 개념을 적용하면 나의 경우도 재산상의 피크를 지나 이제는 하강 곡선을 타고 있다고 할 수 있다. 쉽게 말해 얼마 안 되는 재산이나마 까먹고 있다는 얘기다.

외국계 회사를 그만둔 후 작은 광고회사를 차렸다가 실패하고, 제대로 따져보지도 않고 덜컥 커피가게를 차렸다가 또 재미를 보지 못했고, 그 자리에 퓨전 중국식당을 동업으로 시작했다가 마지막으로 실패하고, 그 중간에 남들 흉내를 내 지방에 땅을 좀 샀다가 그야말로 땅에 '묻어둔' 돈이 또 좀 되니 반성문을 써도 한참을 써내려가야 할 일이다.

선은 선대로 악은 악대로 그 나름의 가르침을 준다는 말이 있듯이 내 짧은 경험에도 한두 가지 교훈은 있을 터, 반면교사가 되는 심정으로 여기에 옮겨볼까 한다.

첫째는 아무리 적은 금액의 투자라도 실패를 가정하고 냉정하게 판단해야 한다는 점이다. 무엇보다도 중요한 것은 나처럼 그 분야에서 실

철없고 끈기 없는 남편,
미용실 주인이 되다

PARKSEUNGCHOLHAIRSTUDIO

이제 미용실 문을 연 지 두 달이 다 되어간다.
커트가 아닌 파마 손님으로 북적대는 매장을 바라보고 있으면
끼니때를 지나쳐도 배고픈 줄 모르게 되고,
하루하루의 매상에 따라
극락과 지옥이 그리 멀리 있는 게 아님도
알게 되었으니 앞으로 이런 냉탕과 온탕을 얼마나
더 오가야 무심한 경지에 이르게 될지 모를 일이다.

패한 선배에게 실패한 이유를 솔직하게 들어보는 것이다. 실은 서둘러 개인 블로그라도 만들어야 하지 않나 싶은 의무감 비슷한 것까지 느낄 정도다. 둘째는 규모에 관계없이 자영업을 하려는 사람은 내가 과연 장사를 할 수 있을까 하는 점을 신중히 고려해보라는 것이다. 몇 번 실패하고 보니 '장사는 아무나 하는 게 아니다' 라는 말처럼 마음에 와 닿는 말도 없다. 시간을 충분히 갖고 따져보고 또 따져봐서 200퍼센트의 확신이 섰을 때 시작해도 늦지 않다. 어느 정도의 여유자금도 꼭 필요한 요소다. 새롭게 문을 연 가게가 처음부터 잘될 리는 없다. 자금이 너무 빠듯하면 여유를 갖기 힘들고 그렇게 되면 마음의 평정을 잃게 된다는 것이 나의 쓰라린 경험이다.

이제 미용실 문을 연 지 두 달이 다 되어간다. 커트가 아닌 파마 손님으로 북적대는 매장을 바라보고 있으면 끼니때를 지나쳐도 배고픈 줄 모르게 되고, 하루하루의 매상에 따라 극락과 지옥이 그리 멀리 있는 게 아님도 알게 되었으니 앞으로 이런 냉탕과 온탕을 얼마나 더 오가야 무심한 경지에 이르게 될지 모를 일이다.

새로운 환경이 주는 낯설음이 신선하기도 하다. 같은 상가 내 고깃집에 갔다가 고기를 가위로 썰어주던 주인 아저씨에게서 "아이고, 이거 미용실 원장님 앞에서 가위질하려니 떨립니다요"라는 말을 듣는 나, 이제까지 함께 일해온 사람들과는 많이 다른, 나이 어린 직원들에게 둘러싸여 가장 나이 많은 존재가 된 나, 대다수가 미용인 출신으로 구성된

지사장 회의에서 거의 유일하게 딴 동네 출신인 나. 그런 스스로가 조금은 곤혹스럽고 또 흥미롭다.

'더 이상 물러날 곳이 없다.' 지금의 내 처지는 솔직히 이렇게 표현해야 맞는 상황이지만, 그럼에도 흔한 말로 최선을 다한다거나 목숨을 걸고 한다는 말을 나는 선뜻 받아들이지 못한다. 전적이 86승 75패 정도 되는 권투 선수가 한두 번 더 이기고 진들 뭐 그리 충격이 있겠느냐는 말처럼 나의 전적도 만만치 않으니 너무 초조해할 일은 아닌 듯하다. 다만 새로운 일을 하기 전에 좀 더 신중했더라면, 그리고 그 일에 좀 더 끈기를 갖고 견디었다면 하는 아쉬움과 반성마저 없어서는 안 되겠다는 생각은 한다. 그것이 나 자신을 좀 더 배려하고 아끼는 태도가 아니었을까 싶기 때문이다.

마흔이 되기 전까지는 운 좋게도 줄곧 더하기만 하며 살아왔으니 이제는 빼기 차례구나 하고 마음을 다잡으면 견딜 만한 것 같다. 더 객기를 부리면 음수와 음수를 곱하면 양의 수가 되니 나를 힘들게 했던 이별과 상실에 맞서는 어떤 힘을 키워도 볼 일이라는 생각도 든다. 어떤 꿈은 잃고 또 어떤 꿈은 얻기도 했으니 말이다.

삭막한 여의도의 밤하늘에도 바람에 스치는 별이 한두 개는 떠 있을 터이고, 나는 그 외로운 별의 대척점을 향해 뻗어 있는 집으로 돌아가기 위해 지하철 5호선에 몸을 싣는다.

악착같이 버텨서 물건 하나 만들기 홍창욱

최근에 한국직업능력개발원이 발표한 170개 직업 만족도 조사에 의하면 스트레스를 많이 받는 직업 순위는 1위 투자분석가, 2위 방송연출가, 3위 외환딜러, 4위 프로게이머, 5위 카지노딜러 순이라고 한다.

위에 열거한 직업들의 공통점은 도박성이 강하다는 것 아닐까? 예측하기 힘든 시장 흐름, 종잡을 수 없는 대중들의 심리를 따라가야 하는 직업의 속성이 피 말리는 도박의 속성과 유사한 것이리라.

내 직업은 자랑스럽게도(?) 2위를 차지한 방송연출가다. 아침마다 올라오는 시청률표(우리는 성적표라고 부른다)가 사내에서만 공개되었을 때는 차라리 행복했다. 지금은 인터넷을 통해 모두 실시간으로 공개되니까 어제 나간 드라마 시청률이 안 좋으면 바로 다음날 촬영현장에서 갖가지 징후들이 나타난다. 간부들의 걱정스러운 전화는 물론이거니와 전과 달라진 배우들의 떨떠름한 표정, 매니저의 촬영일정 단축요구, 스태프들의 쑥덕거림 등 촬영장 분위기가 썰렁해진다.

모두들 나를 외면하는 것 같아서 차를 한 대도 팔지 못한 영업사원처럼 기가 죽어 사무실 주위를 배회하거나 사람들을 기피한다. 또한 드라마를 화제로 삼지 않게 되며 자신을 돕는 사람은 아무도 없다고 지레짐작하여 타인에 대한 공격성만 키운다. 그러면서 스트레스가 쌓여간 결과가 위에서 본 대로 당당한 2위 차지다. PD협회보의 조사에 의하면 과도한 스트레스로 PD들이 일찍 죽는 경우가 많다고 하는데 만성 스트레스가 아마 직업병으로 고착된 것일 게다.

이 직업이 뿌려대는 스트레스는 회사나 촬영현장에만 존재하는 게 아니라 아주 가까운 곳에도 도사리고 있다. 처가 친척들 모임에서도 나이 지긋한 어른들이 점잖게 물어보신다.

"홍 서방, 요즘 무슨 드라마 하나?"

"예, ㅇㅇ 합니다."

"ㅇㅇ이라고? 처음 들어보는 드라마인데. 하긴 내가 드라마를 통 못 보니까 알 수가 없지."

옆에 계신 아주머니께서 거드신다.

"거 인기 있는 드라마는 안 하나?"

"예, 제가 능력이 부족해서요."

그리고 침묵.

돌아오는 길에 아내가 내 눈치를 살피지만 아무 일도 없었던 것처럼

이제 내 나이 40대 중반.

아직 사람들 뇌리에 기억될 만한 드라마를 못 만들었으니

조바심과 자괴감은 점점 더 커진다.

호박이 씨앗을 뚫고 나와 처음 자랄 때는

초가지붕을 다 덮을 것처럼 기세를 부리지만

정작 다 자란 후에도 지붕을 못 덮는 것처럼 젊은 날의 푸른 꿈이

그렇게 시들어버리는 건 아닌지, 40을 불혹이라 이르는 것이

어떤 유혹에도 흔들리지 않는 나이이기 때문이 아니라

아무도 유혹해주지 않는 나이이기 때문은 아닌지 자문해본다.

태연을 가장한다.

　스트레스는 어른들뿐 아니라 아이들에게서도 온다. 일전에 초등학교 3학년인 큰애의 과제로 하나의 직업을 택해 현장을 방문하고 조사하는 것이 있었다. 한 모둠이 된 큰애 친구들 여덟 명과 엄마들의 요구에 의해 방송국 견학을 시켜주게 되었다. 내키지는 않았지만 큰애와 아내 얼굴을 봐서 총대를 맸다. 녹화현장을 둘러보고 배우들과 사진을 찍고 사인을 받고 가짜 바위도 같이 들어보는 등 아이들 눈에 신기한 구경거리를 많이 보여주었다. 아이들은 물론이거니와 엄마들도 좋아했고 특히 우리 애가 신이 나서 아빠로서 약간은 자랑스러운 생각도 들었다. 그런데 한 아이가 질문을 했다.

　"아저씨는 무슨 드라마 했어요?"

　"응, 너희는 아직 어려서 말해줘도 잘 몰라."

　"말해주세요."

　"모른다니까."

　"아잉, 말해주세요. 저희도 다 알아요."

　"이렇고 저런 드라마 했는데. 어때, 알겠어?"

　"에잉, 그거 말고 우리가 알 만한 드라마는 없어요?"

　아이들의 얼굴을 물끄러미 보다가 이렇게 얘기했다.

　"자, 이제 조용! 녹화 중이니까 조용히 해야 돼. 안 그러면 쫓겨난다."

　그러고는 서둘러 견학을 마쳤다.

교양 PD를 하다가 뒤늦게 드라마에 입문하여 30대 후반까지 흔히들 말하듯 박박 기는 조연출 생활을 하고 나이 40이 거의 다 되어서 연출이 됐다. 입문은 늦었지만 좋은 드라마를 만들겠다는 각오도 남달랐고 열정도 있었다.

그런데 막상 연출을 하니 상황은 많이 달랐다. 시청률을 올리기 위해 일단 스타를 캐스팅해야 했고 설사 캐스팅되었다 하더라도 층층시하의 결재 라인을 통과해야 했다. 그뿐인가. 배우들의 입김이 너무 세져서 요구하는 출연료는 천정부지로 올라가지, 특정 배우가 상대역이 되면 못하겠다는 까탈스러운 조건은 왜 또 그리 자주 붙는지. 매니저 파워도 예전과 확연히 달라져서 스타가 소속된 기획사의 끼워넣기 배역 요구도 극성스럽다. 불과 칠팔 년 전에 비해 크게 달라진 상황들이다. 선배들은 "아! 옛날이여"를 외치며 왕PD 시절을 그리워하지만 현실은 점점 더 어려워져간다.

드라마 내용도 점점 가벼운 것이 요구된다. 데스크에서도 요구하지만 PD들 스스로도 자기검열하듯 흥행 코드에서 벗어나는 것을 두려워한다. 기억상실, 백혈병, 배다른 형제 간의 사랑, 출생의 비밀 등 재탕 삼탕의 통속성이 낯간지러워도 성공 확률이 높은 소재에 대해 미련을 못 버리게 되는 것이다. 더구나 그런 코드로 한 번 성공하고 나면 작가나 PD 모두 중독되어 그런 유혹에서 벗어나기 어렵다. 내 주변을 둘러봐도 한 번 맛본 인기의 유혹을 뿌리치지 못해 자기복제 드라마를 만들다가 결국 실패하는 경우가 드물지 않다. PD들도 연예인처럼 인기라는 마약에 취해 냉온탕을 왔다 갔다 하는 것이다. 바로 다음날 성적표를 받게 되는 방송연출가의 숙명 같은 것일지도 모르겠다.

이제 내 나이 40대 중반. 아직 사람들 뇌리에 기억될 만한 드라마를 못 만들었으니 조바심과 자괴감은 점점 더 커진다. 딱히 다른 재주도 없고 모아놓은 재산도 많지 않은 터라 미래에 대한 불안과 두려움은 아이들의 커가는 키와 더불어 같이 커간다. 호박이 씨앗을 뚫고 나와 처음 자랄 때는 초가지붕을 다 덮을 것처럼 기세를 부리지만 정작 다 자란 후에도 지붕을 못 덮는 것처럼 젊은 날의 푸른 꿈이 그렇게 시들어버리는 건 아닌지, 40을 불혹이라 이르는 것이 어떤 유혹에도 흔들리지 않는 나이이기 때문이 아니라 아무도 유혹해주지 않는 나이이기 때문은 아닌지 자문해본다.

1990년 삼성에 입사, 1991년 교육방송으로 이직 그리고 1995년 현재의 직장으로 옮겨서 11년, 총 16년을 쉬지 않고 직장생활을 했다. 취업난에 시달리는 지금 세대에 비하면 행복하다 해야겠지만 참고 견뎌야 하는 직장생활이 쉽지만은 않았다.

"모난 돌이 정 맞는다. 뭐든지 앞서지 말고 중간만 가라"는 어른들의 말씀을 젊은 시절엔 귓등으로도 듣지 않았지만 지금은 아내에게서 듣고 쌔근쌔근 자고 있는 아이들의 얼굴을 보면서 마음에 새긴다. 직장에 갈 때는 간을 꺼내서 냉장고에 넣어두었다가 귀가 후 다시 집어넣으라는 자조적인 농에 동감을 표한다. '절이 싫으면 중이 떠나면 된다'는 단순무식한 명제와 '까라면 까야지, 뭔 소리가 많아'라는 윗사람의 무언의 압력에 고개 숙인 남자가 된다.

하지만 마냥 좌절만 할 수는 없다. 여기서 밀리면 완전히 밀려나기 때문이다. 악착같이 버티고 노력해서 인기작 하나 만들어야 한다. 그게 인생의 진정한 목표와 가치는 될 수 없을지언정 아들 친구들이 무슨 드라마를 만들었느냐고 물어볼 때 대답할 수 있지는 않은가?

"응, 아저씨 ○○○ 했어."

"우와, 짱이다. 아저씨가 그 드라마 만들었어요? 우리 집에서 매일 봤는데. 아저씨, 거기 나왔던 ○○○ 사인 좀 받아주세요."

나는 큰애 친구들의 소원을 들어준다, 빙긋이 웃으며.

악착같이 버텨서
물건 하나 만들기

김성희 전철역의 신데렐라

팔 년 전 서울을 떠나 경기도 광주 끝자락의 시골마을로 이사했다. 서른다섯 살 때였다. 그날 이후로 출퇴근이 무슨 작정하고 떠나는 여행만큼이나 길고 멀어졌다. 하루에 대여섯 번 다니는 시골버스를 타고 이십여 리 떨어진 곤지암까지 나가 좌석버스로 갈아타고 한 시간쯤 달려 강변역이나 천호동에 도착한 뒤 시내에 있는 사무실까지 또다시 40분쯤 전철을 타고 가야 했다. 물론 퇴근도 마찬가지다. 주말이나 휴가 때를 빼고 팔 년 동안 거의 매일 그렇게 했다.

늦지 않게 출근하는 것도 힘들었지만 '하루도 빠짐없이 퇴근' 하는 일도 쉽지 않았다. 재작년부터는 서울에서 새벽 한 시에 떠나는 심야버스가 생겼지만 그 전에는 밤 열 시 사십 분이 막차시간이었다. 신발 한 짝이 벗겨진 것도 모르고 자정 전에 귀가하려 기를 쓰던 신데렐라처럼 밤 열 시가 되면 나는 모든 동작을 중단한 채 전철역을 향해 총알처럼 달려가곤 했다. 마시던 맥주잔을 던져놓고 일어설 때도 있었고 회의 중 발언하다 말고 뜨악한 표정의 사람들을 뒤로 한 채 달려나온 적도 많았다.

자정이 다 된 시간에 집을 향해 떠나려는 나에게 집에 도착하면 거의 도로 달려나와야 할 시간일 텐데 군이 두 시간씩 차를 타고 꼭 집으로 가야 하는지 사람들은 이해할 수 없다고 했다. 혹시 아내가 무서워서 그런 것이라면 해결해주겠다며 기어이 전화를 걸어 "제수씨!" 어쩌고 하면서 외박을 허락하라고 너스레를 떠는 친구들도 많았다.

왁자한 술자리나 무르익어가는 회의에 사람들을 남겨둔 채 집으로 오는 길은 조금 쓸쓸하다. 흔들리는 차창에 기대 중부고속도로변의 캄캄한 어둠에 눈길을 던진 채 막 떠나온 모임의 대화를 반추하게 된다. 심야버스에는 술에 취해 또는 삶의 무게에 눌린 채 곯아떨어진 사람들이 많다. 차창에 비친, 무방비 상태로 잠든 사람들의 표정에서 아릿한 슬픔이 느껴진다. 저들에게도 고단한 귀가를 환하게 반겨줄 가족들이 있겠지.

처음에는 외딴 산속에 아내와 어린 두 딸을 남겨두고 왔다는 어떤 자책과 책임감 때문에 무슨 일이 있어도 기어이 귀가하려고 애썼다. 혹시 수도가 동파되거나 정전으로 보일러가 멈춰 낭패를 당하고 있지는 않은지, 어두운 산속에서 두려움에 떨고 있는 것은 아닌지, 온갖 걱정이 도저히 나를 서울에서 잠들게 놔두지 않았다.

전철역의
신데렐라

늦지 않게 출근하는 것도 힘들었지만
'하루도 빠짐없이 퇴근' 하는 일도 쉽지 않았다.
재작년부터는 서울에서 새벽 한 시에 떠나는 심야버스가 생겼지만
그 전에는 밤 열 시 사십 분이 막차시간이었다.
신발 한 짝이 벗겨진 것도 모르고 자정 전에 귀가하려 기를 쓰던
신데렐라처럼 밤 열 시가 되면 나는 모든 동작을 중단한 채
전철역을 향해 총알처럼 달려가곤 했다.

걱정과는 달리 아내와 딸들은 시골의 어둠에 잘 적응했다. 서울에 살 때는 내가 귀가하기 전에는 자물쇠를 몇 개씩 채우고도 불안에 떨며 잠을 못 이루던 아내가 시골로 이사한 뒤로는 내가 현관문을 열고 들어갈 때까지도 세상모르고 잠들어 있기 일쑤였다. 노을이 장엄한 겨울에는 퇴근 무렵 딸들이 전화를 걸어 서울에도 노을이 멋있는지 물어보곤 해 빙그레 웃음을 머금기도 했다.

한두 해 지나 시골살이에 익숙해진 뒤로는 어쩌다 집을 떠나 서울의 아파트에 사는 친구들 집이나 수원에 있는 처가에서 잠을 자는 일이 여간 불편하지 않았다. 한겨울에도 너무 덥고 건조해서 밤새 몸을 뒤척이다 새벽녘에 탈출하듯 빠져나와야 했다.

자정 무렵 떠나는 버스를 타고 곤지암에 도착하면 새벽 한 시쯤 된다. 대개 아내가 버스정류장으로 차를 몰고 마중을 나온다. 아내가 잡지사에 다닐 때는 반대로 내가 그렇게 했다. 집에 돌아와 씻고 자리에 누우면 새벽 두 시 가까이 된다. 심야버스마저 끊기면 택시를 타고 광주까지 가거나 아예 상일동 인터체인지 근방에서 만나 서로를 집으로 데리고 간다. 그렇게 새벽에 집 마당에 도착하면 대번 숲에서 뿜어져나오는 맑은 공기가 허파꽈리를 씻어내는 것 같다. 더러 취한 눈으로 하늘을 올려다보면 꿈결처럼 은하수가 굽이치며 밤하늘을 수놓고 있다. 그렇게 스펙터클한 하늘 아래서 나는 안도감에 긴 한숨을 내쉰다.

새벽에 귀가한 날에는 겨우 두세 시간 눈을 붙이고 조찬회의에 참석하기 위해 새벽버스를 타는 경우도 있다. 그러나 언제나 나는 서울에서 한두 시간을 더 자기보다 혼탁한 물 속에 잠수했던 붕어들이 수면 위로 올라와 호흡을 하듯 집 마당에 와서 깊은 숨을 몰아쉬는 쪽을 택한다.

중학생 때부터 친하게 지내온 친구 하나가 뒤늦게 보험회사에 들어갔다. 오랫동안 사법시험 준비를 했는데 뜻대로 잘 안 되어 결혼도 늦게 했다. 두어 달 전에 만났을 때, 자신은 아이들이 대학에 갈 때까지 혹은 십억 원의 현금을 모을 때까지 물불 안 가리고 오직 돈만 벌겠다고, 조금 처연한 표정으로 말했다.

그렇게 일한 덕인지 수입도 많이 늘었다고 했다. 월급만으로도 나로서는 상상도 할 수 없을 만큼 많은 금액이었다. 그러나 회사에서 받는 급여만으로는 부족하다며 별도로 대출 알선 회사를 차리고, 아내에게도 집을 담보로 대출을 받아 피씨방을 차리게 했다. 이렇게 여러 가지 일을 벌여놓은 탓에 그는 거의 새벽 두세 시가 되어야 잠을 잘 수 있다고 했다. 종로의 사무실에서 부천에 있는 집까지 오갈 수가 없어 평일에는 아예 회사 인근에 얻어놓은 오피스텔에서 눈을 붙이는데도 그렇다는 얘기였다.

"아이들이 자랄 때는 곁에 아빠가 있어야 하는데……." 내가 걱정스럽게 말하자 자기가 귀가하면 이미 가족들이 잠들어 있고 아침에 출근할 때도 혼자 일어나 살며시 빠져나와야 하기 때문에 자기도 그렇고 가족들도 성가셔한다고 했다. 오히려 주말에 가서 '면회'를 하는 게 서로에게 합리적인 일이라며, 못 미더워하는 나를 이해시키려고 애썼다.

밥은 어떻게 먹는지 물어보았다. 아침은 굶고 점심은 영업을 위해 돌아다니면서 사 먹고 저녁은 대개 술자리 안주로 때운다고 했다. 건강을 염려하자, 그렇잖아도 최근 두 번이나 병원에 실려 갔다고 했다. 요로에 생긴 결석 때문에 죽도록 아파하다가 새벽녘에 겨우 택시를 잡아타고 응급실에 갔었다고 우울한 표정이 되어 말했다.

그의 아이들은 이제 일곱 살, 네 살이다. 그날 담배 연기가 자욱한 그의 오피스텔을 구경했다. 나의 어떤 말도 그를 제어할 수 없을 것이다. 안타까운 마음에 작은 화분 하나를 사서 창틀에 놓고 왔다. 그에게 생명의 활력이 번지기를 기원하면서.

스무 살 때, 자취생활을 하던 나는 매일 어디서 잠을 잤는지 메모를 해본 적이 있다. 연말에 세어보고는 한 해 동안 무려 스물여덟 군데의 잠자리를 전전했다는 것을 알게 되었다. 친구 집이나 심지어 남의 학교 강의실에서 잠을 자기도 했었다.

기를 쓰고 집으로 돌아가는 것은 남들처럼 가족이 있는 집에서 잠들고 싶었던 그 시절의 열망이 반영된 것인지도 모르겠다. 또 내일을 기약하면서 당장 일상의 평화를 유보하는 식의 삶에 도저히 동의하지 못하겠다는 생각도 크다.

물론 누구나 자식들에게 좋은 조건을 물려주고 싶다는 생각 때문에 자신에게 닥치는 힘겨운 상황을 마다하지 않고 감수한다. 그러나 아이들과 나의 입장을 바꿔 생각하더라도, 나에게 많은 돈을 물려주느라 너무 바빠서 대화조차 할 수 없었던 아버지, 밥상머리에 같이 앉아본 적이 없는 아버지를 아이들이 원할지 나는 의문이 든다.

우리에게 정말 소중한 것은 흘러가면 다시는 돌이킬 수 없는 시간을 서로가 함께 겪는 게 아닐까. 요즘 자주 그런 생각이 든다. 그래서 더더욱 잠은 꼭 집에서 자려고 한다. 무서운 속도로 자라는 아이들과 함께할 수 있는 시간도 이제 얼마 남지 않았을 테니.

아내는 힘이 세다 한재희

　까마귀 날자 배 떨어진다고 이 글을 쓰는 지금 아내는 두 딸과 함께 해외여행 중이다. 결혼 후 처음으로 열흘 가까이 홀로 지내게 되니 평소 반쯤은 시기심 어린 눈으로 또 반쯤은 반칙 아니냐고 고깝게 보아온 이 땅의 기러기 아빠들이 새삼 대단하게 여겨진다.

　아내의 빈자리가 어찌나 커 보이는지 넓지 않은 집이 50평도 더 되는 것 같고 집 안 구석구석에서 찬바람이 쌩쌩 분다. 있을 때 잘하라는 말은 남의 이야기인 줄 알았다. 사는 동안에 이런 낭패감을 맛볼 줄 알았다면 진즉에 개과천선하여 '정치적으로 올바른' 남편이 되었을 것을…….

　첫아이를 낳고 우리 부부는 나름의 의식을 살려 수월하게 사 쓸 수 있는 일회용 기저귀 대신에 천 기저귀를 쓰기로 의견일치를 보았다. 퇴근하고 집에 오면 거의 20여 개의 기저귀가 방 한구석에 쌓여 있었고 나는 아이 얼굴 대충 구경하고 우선 기저귀부터 빨았다. 연약한 아이 피부를 생각하니 세제도 세탁기도 사용할 수 없었다. 당시 우리는 연탄을 때는 13평 서민 아파트에 전세 들어 사는 젊은 맞벌이 부부였는데 아내의 임신을 알고 나서는 혹 연탄가스라도 맡을까 봐 아내가 일절 연탄을 갈지 못하게 하는 호기를 부렸다.

지금 생각하면 동일인물 맞나 싶지만 그때는 그런 내가 스스로도 대견하고 뿌듯하기 그지없었다. 아내에게도 아이에게도 떳떳할 수 있었던, 내 인생에 있어 거의 유일한 시기가 아니었나 싶다.

그랬는데, 어느 날 돌아보니 나도 모르는 새 가부장제 이데올로기에 충실한 다수 남편의 대열에 합류해 있었던 것이다.

아내는 교육공무원이다. 남들은 꿈도 꾸기 힘든 시간에 퇴근을 하며 여름방학과 겨울방학도 꼬박꼬박 누리고 있다. 시대가 변하고 세월이 하 수상하다 보니 신붓감으로 상종가를 치고 있는 직업을 가지고 있는 셈인데, 정년까지 버틸 수 있다는 직업의 안정성 외에 일찍 퇴근해서 가사를 돌보기에도 맞춤하다는 조건이 결혼 적령기 남자들로 하여금 군침을 흘리게 하는 것이리라.

왜 남의 이야기하듯 하느냐고? 당신은 어땠느냐고?

그렇다. 아내의 근무여건이 좀 더 낫다는 것을 핑계로 신혼 시절의 초심을 팽개치고 하나 둘 아내에게 가사노동을 떠넘기기 시작했으니 신

부감으로 좋은 직업을 가져서 결혼을 결심한 것은 아니었지만 결과적으로는 그렇게 되고 말았다고 인정해야 할 것 같다.

이야기가 나온 김에 낯 뜨겁지만 나의 전죄(前罪)를 고백하고 면죄부를 받아볼까 한다.

우리 부부는 결혼 후 네 번 정도 이사를 했다. 이사 때마다 나는 아내가 알려준 새 집 주소 한 장 달랑 들고 퇴근을 했다. 직장에서는 무슨 배짱이냐며, 조퇴라도 해서 가봐야 하는 거 아니냐고 다들 한마디씩 던졌지만 나는 마치 이런 기회에 나의 남자다움(사소한 집안일에 신경 쓰지 않는 대범함)을 자랑이라도 하겠다는 듯 제시간에 퇴근하곤 했다. 하지만 그러면 안 되는 것이었다.

나는 백화점이나 극장, 여름철 피서지 등 사람이 많이 모이는 곳을 몹시 싫어한다. 연애 기간을 포함하여 아내와 함께 극장에 간 것이 딱한 번일 정도니 달리 무슨 설명이 필요하겠는가? 내 옷을 살 때도 아내에게 이런저런 주문을 하면 아내는 선발대로 먼저 백화점에 간다. 그러고는 내가 '친히' 가서 볼 만한 후보들을 발견하면 그제야 전화를 해온다. 와서 보라고! 얼마 전에는 내 속옷을 사왔는데 색이 맘에 안 들고 천이 맘에 안 들어서 두 번을 바꾸러 왔다 갔다 한 적도 있었으니, 그러면 정말 안 되는 것이었다(장모님! 이 사위를 부디 용서해주세요).

어느 시인은 시집을 내면서 자신의 시를 다시 읽는 것이 두렵다고 했지만 나 역시 이런 한심한 일들을 돌아보고 이렇게 만천하에 공개하는

아내는
힘이 세다

진보니 평등이니 하는 거창한 표현 대신에
양심이나 페어플레이 혹은 최소한의 배려심,
이런 것이 많이 부족한 사람이 바로 나였구나 하고 반성한다.
왜 아내는 나처럼 저밖에 모르는 함량 미달의 남편에게
양보하고 이해하면서 살아왔을까? 정말 아내는 힘이 세서 그랬을까?

것이 다만 무섭고 두려울 뿐이다.

외국계 회사에 다닐 때 내가 모시던 영국인 사장은 늘 정해진 출근 시간보다 한 시간 정도 일찍 나오고 또 그만큼 일찍 퇴근하곤 했는데 그 이유가 재미있었다. 아침 시간에 집에 있어봐야 아이들과 시간을 보내거나 집안일을 도울 수도 없을 뿐더러 또한 일찍 출근해야 어느 직원이 부지런한지를 알 수 있다는 것이었고, 퇴근을 서둘러 하는 이유는 집에 가서 할 일이 많다는 것과 사장이 자리에 없어야 혹 일이 있어 빨리 퇴근하려는 부하 직원들이 눈치 안 보고 퇴근할 수 있다는 것이었다. 가정과 회사 두 분야를 고루 배려하고 자신의 책임을 다하는 자세라고 감탄했던 기억이 난다. 나와 동갑내기에 아이들 나이도 비슷했고 무엇보다 맞벌이도 아니었으며 더구나 연봉은 몇 배나 높은 잘나가는 사장이었는데 말이다(당시만 해도 나는 아내의 월급을 쥐꼬리라고 놀리면서 다른 집 남편들보다 연봉이 세다는 것을 은연중에 자랑하던 철없는 남편이었다).

생각해보면 나는 회사에서나 가정에서나 그 영국인 사장에 비해 한참 모자란 40대 가장이었던 셈이다. 이런 차이가 단지 영국인과 한국인의 문화 차이에서 비롯된 것이었을까? 결국 인간 됨됨이의 문제라고 생각하니 조금 씁쓸하다.

딸 둘을 키우다 보니 아무래도 아들 가진 부모들보다는 신경 쓰이는 게 많다. 실천은 뒷전이지만 부부 간의 가사노동 분담도 그래서 뒤통수를 따갑게 하는 대목이다. 딸아이들에게 모범까지는 아니어도 최소한 아빠 같은 남자와 결혼하면 내가 고생하겠구나 하는 부정적인 생각만은 하지 않게 해주어야 할 텐데, 그리고 현재 스코어로는 아이들에게 무엇 하나 제대로 물려줄 것 없는 아빠로서 좋은 남자 고르는 안목이라도 키워주어야 할 텐데 싶은 것이다.

진보니 평등이니 하는 거창한 표현 대신에 양심이나 페어플레이 혹은 최소한의 배려심, 이런 것이 많이 부족한 사람이 바로 나였구나 하고 반성한다. 왜 아내는 나처럼 저밖에 모르는 함량 미달의 남편에게 양보하고 이해하면서 살아왔을까? 정말 아내는 힘이 세서 그랬을까?

큰아이가 예전에 이런 반성문을 쓴 적이 있다. "아빠, 저는 참 뻔뻔한 아이인가 봅니다. 이런 잘못을 하고도 다시 한 번만 기회를 달라고, 조금만 지켜봐달라고 부탁하다니요."

아이는 어른의 스승이라더니, 이제 나도 큰딸 벼리의 저작권을 빌려 아내에게 반성문이라도 써야 할 것 같다. 하지만 평소 장난기를 가장해 아내에게 주문하는 먼 훗날에 대한 소망이 솔직한 내 심정이라는 것도 고백해야 하겠다.

"여보, 죽어도 나보다 먼저 죽으면 안 돼. 누가 내 밥 차려주고 빨래 해주냐고!"

나는 술꾼이로소이다 최용탁

나는 벌써 이태째 매일 아침 세 가지의 가루를 먹는다. 쥐눈이콩으로 만든 청국장가루와 칡가루, 솔잎가루가 그것이다. 아침 대용으로 먹으려고 시작한 것인데 아침은 아침대로 또 먹으니 식전식이 되었다. 모두 나의 건강을 염려하는 처와 부모님이 직접 농사짓고 채취한 것으로 만들어준다. 염려할 만큼 허약하거나 특별히 아픈 곳이 없는데도 지성으로 그 세 가지 가루를 해주는 이유는 내가 장복하고 있는 술, 담배 때문이다. 술과 담배를 퇴치하기 위해 주야로 맞서 소비하는 나 같은 사람에게 그 가루들이 좋다는 얘기를 어디서 들은 모양이다. 그 노고와 술, 담배로 인한 가계의 부담을 생각하면 나는 마땅히 당장 두 가지 모두를 끊어야 한다. 그러나 마땅히 해야 할 일을 하지 않으며 사는 것이 어디 한두 가지인가.

우리 집안에서 술을 즐겨 마시는 사람은 나뿐이다. 아내는 물론이고 아버지와 아우도 알코올과 혹 만난다 해도 데면데면하다가 한두 차례의 볼가심으로 곧 외면해버리는 정도다. 윗대의 할아버지들도 술을 입에 대지 않는 특이한 가문이었는데 나에 이르러 홀연 자욱한 누룩의 향이 집안을 감싸더니 가풍의 일대 쇄신이 일어난 것이다.

술의 청탁과 안주의 근원을 가리지 않고 동반하기 어언 이십여 성상, 하루를 거르면 아쉽고 이틀을 거르면 차마 그리운 내연(內緣)의 세월이었으니 돌이켜 생각하매 뜨거운 한 줄기 감회가 없을 수 없다.

그녀를 처음 만난 것은 열여섯 무렵이었지만, 그녀는 내가 아직 어리다는 핑계로 쉽게 곁을 주지 않았다. 나는 처음 만난 그녀의 쏘는 듯 매운 성정과 한 번 만나고 나면 찾아오는 정체불명의 두통, 그리고 주위의 달갑잖은 시선 때문에 마음 놓고 그녀를 만날 수 없었다. 그러나 만나볼수록 몽롱함과도 같은 그녀의 눈빛과 은은한 체취는 거의 비틀거릴 정도의 매혹이었다. 드디어 대놓고 그녀를 만나도 좋은 나이가 되자, 나는 공사석을 불문하고 그녀를 동반했다. 그녀 역시 성인이 된 나를 축하라도 하듯이 온몸을 던져 내게 불꽃 같은 정열을 일으키는가 하면 달변의 혀가 되었다가 마침내 장소에 구애됨 없이 잠에 떨어지는 대범함까지 선사했다. 실로 새로운 천지가 그녀 안에 있었다.

그녀를 만나는 자마다 모두 비슷했으니 유유상종이라, 나의 주위에는 온통 그녀와의 사랑에 빠진 무리들로 차고 넘쳤다. 대학생활 내내 나는 대학이라는 곳이 그녀와의 사랑 외에 다른 무언가를 해야 하는 곳이라는 사실을 전혀 눈치 채지 못했다. 그녀와의 사랑을 위해 책값은 부풀려졌으며 하숙생활은 비밀리에 자취로 바뀌었다. 자취방의 구석에는 항상 그녀가 벗어놓은 크고 작은 외투가 쌓였고 때로는 한 자루나 되는 외투를 지고 가서 온전한 그녀와 바꿔 가슴에 품고 돌아오기도 했다. 우리는 곧잘 그녀를 피에 비유했으니, 그 애정의 깊이를 짐작할 수 있으리라.

그녀와의 집단적 사랑은 그리 오래가지 않았다. 이십 대가 다 가기 전에 누군가는 단호히 관계를 청산하기도 했지만 대개는 그녀의 옷고름을 만지작거리거나, 머리카락을 쓰다듬는 것으로 차마 끊을 수 없는 애정의 끈을 이어갔다. 여전히 그녀의 깊은 속살과 교접하는 사람들은 뿔뿔이 자기만의 성채로 그녀를 모셨고 나도 그 중 하나였다.

이른 봄이다. 바람도 찬 기운을 잃었고 양지쪽에는 산수유나무꽃이 피었다. 농사일도 아직은 한나절 하고 나면 이틀쯤은 할 일이 없다. 산에는 제일 먼저 나는 산나물인 땅흗잎과 원추리가 한창이다. 삶아도 별반 줄지 않는 그 나물들을 다진 마늘과 소금과 들기름만으로 무쳐 보시기에 담고 거냉한 막걸리 한 주전자와 함께 산수유 꽃그늘로 간다. 겨우내 마른 은행잎과 산에서 날아온 가랑잎, 단풍잎들이 방석이 되어준다. 인적이 끊긴 오후의 햇살은 나른하고 첫 잔을 든 손길은 조급하다. 막걸리 한 대접을 남기지 않고 단숨에 낸다. 막걸리는 겨냥했던 곳으로 정확히 떨어져 포연과도 같은 술기운을 재빠르게 머릿속까지 퍼뜨린

© 유청우

반 주전자쯤 비었다.
취기는 온몸으로 퍼져가지만, 내 얼굴은 부끄러움으로 붉다.
철없던 시절의 악행과 비루했던 변명들,
비수처럼 쏟아낸 독설들이
고스란히 소금이 되어 얼굴을 문지른다.
미안하다, 내게 상처받은 벗들, 여인들이여.
그리고 내가 알지 못하는 어디에서 나에게 준 상처 때문에
가슴 아플 이에게 이미 오래 전에 용서했음을 전한다.

다. 다시 대접을 채우고 나물을 집는다.

　문득, 내 나이가 마흔둘이라는 생각이 스친다. 삶에 대한 낭만적 가능성이 사라진 나이, 이제는 이룰 수 없는 꿈들에 대한 회한의 나이, 별빛처럼 반짝이던 상상력이 뿌연 욕망의 안개 속을 헤매는 나이. 또 한 잔을 마신다. 사는 일이 구차하고 쓸쓸해진다. 늙어 아픈 곳이 많은 부모님과 손톱 여물을 썰며 살아가는 아내, 아무것도 모르는 어린 것들, 그들이 오로지 바라보고 있는 나 자신까지도.

　제 어미와 함께 아이들이 나온다. 나 있는 곳에는 눈길도 주지 않고 제각기 호미 하나씩을 손에 든다. 냉이라도 캐러 가는 모양이다. 가여운 것들, 아비가 이 세상 굴러가는 속내와는 사뭇 다른 길밖에 알지 못하니 앞으로의 날들이 더 쓰리고 아프리라.

　반 주전자쯤 비었다. 취기는 온몸으로 퍼져가지만, 내 얼굴은 부끄러움으로 붉다. 철없던 시절의 악행과 비루했던 변명들, 비수처럼 쏟아낸 독설들이 고스란히 소금이 되어 얼굴을 문지른다. 미안하다, 내게 상처받은 벗들, 여인들이여. 그리고 내가 알지 못하는 어디에서 나에게 준 상처 때문에 가슴 아플 이에게 이미 오래 전에 용서했음을 전한다.

　바람에 날린 산수유꽃잎이 술잔으로 떨어진다. 짝을 찾는 장끼 한 마리가 푸드득거리며 날아오른다. 갑자기 세상이 환해진다. 봄날이다. 가늘게 뜬 눈길 너머에는 낙엽송들이 연초록 옷을 갈아입고 있다. 이내 주전자가 빈다.

나는
술꾼이로소이다

술을 조금 줄일 생각을 가지고 있다. 우선 이제 중학생이 되는 큰딸의 지청구가 대단하다.

"아빠, 그렇게 술을 마시면 첫째, 아빠의 건강이 나빠지고 둘째, 우리랑 이야기할 시간이 없고 셋째, 애들한테 나쁜 영향을 끼쳐. 두일이 좀 봐. 물을 마셔도 꼭 소주잔으로 마시려고 하잖아."

마땅히 대꾸할 틈도 없이 오금을 박으며 따지는 품새가 제 어미는 저리 가라다. 자식이 제일 무섭다더니, 틀린 말이 아니다. 내가 생각해보아도 득보다 해악이 월등한 것이 술이다. 흥겨움을 더하기도 하지만 분노의 기폭제가 되는 일이 많고 나처럼 홀로 마시는 술은 그 유혹의 강도가 심하여 그 품속만이 가장 아늑한 곳이라는 거짓 환상을 일으킨다. 무엇보다 술을 마시고 취했다가 깨어나기까지 그 긴 시간이 아깝다.

무슨 일을 하든지 게으름을 피워도 좋은 나이는 아닌 것이다. 내가 가장 사랑하는 것들을 사랑할 시간도 부족하다. 머지않아 부모의 품을 떠나갈 아이들과, 살아 계실 날을 가늠하지 못할 부모님, 보잘것없는 대로 십 년 넘게 가꾼 나의 삶터, 그리고 무엇보다 오랜 애태움 끝에 이제야 조금씩 손을 내미는 소설이라는 괴물과의 한 판 싸움을 위해 술을 줄이려 한다.

내연의 관계가 너무 오래 지속되면 필경 파탄이 온다. 물론 그 오랜 연인과 무 자르듯 절교를 선언할 만큼 나는 냉정하지 못하며 그럴 수도 없을 것이다. 독한 매혹과 유혹이었던 그녀도 함께 나이를 먹으며 편한 친구가 되었으면 좋겠다. 그럴 수 있을 것이다. 나는 술꾼이니까.

비로소 음악이 들리기 시작했다 박성용

　나이 마흔 줄에 접어들자 비로소 음악이 들리기 시작했다. 고등학교를 졸업할 무렵부터 가까이 접한 고전음악을 이제야 겨우 내 마음과 밀착시키는 법을 조금씩 터득해가고 있으니 이런 늦깎이가 또 있을까. 예전에는 별 감흥이 없었던 대목이 어느 날 귀에 착 감기는가 하면, 지루하게만 느껴졌던 곡들이 비수가 되어 가슴 곳곳에 꽂힌다. 음악 감상에서 거품이 빠지고 철이 든 셈이다.

　요즘 자주 손이 가는 음악들은 베토벤과 브람스의 후기 실내악 작품들이다. 한 작곡가의 인생이 함축된 이 곡들은 세상을 달관한 듯한 경지를 보여주거나 때로는 만년에 접어든 자기고백처럼 느껴져 들을 때마다 가슴에 와 닿는 무언의 메시지가 있는 것 같다.

　지난가을에도 나는 퇴근해서 집에 오면 베토벤의 후기 현악사중주와 피아노 소나타 그리고 브람스의 클라리넷 오중주를 비롯한 삼중주와 소나타, 첼로 소나타, 피아노 소품들을 즐겨 듣곤 했다. 특히 베토벤의 후기 현악사중주 여섯 곡은 연주 시간이 길고 파격적인 형식으로 이루어져 있어서 마치 두꺼운 철학책을 읽는 듯한 기분이 들 때가 많다. 이 곡들에 대해 세상을 초월한 베토벤의 오도송(悟道頌)이라고 표현한 어느 음악 칼럼니스트의 말에 고개를 끄덕일 만큼 공감이 간다.

아내는 이런 나를 보고 "나이에 맞지 않게 궁상을 떤다"고 눈을 흘기지만 요즘 느끼는 마흔은 쓸쓸하고 또 힘들어 음악가의 인생이나 작품에 자신을 대입시켜 잠시나마 혼연일체를 이루고 나면 묘한 해방감을 느낀다. 어떤 날은 바흐의 '마태수난곡'을 듣다가 '나의 존재는 무엇일까?' 하는 생각에 울컥 감정이 북받쳐 올라 가족들 몰래 눈물을 닦기도 했다. 하지만 이런 날은 이상하게도 딸아이의 예리한 시선에 포착되어 청승맞은 꼴을 드러내고 만다.

"아빠, 울어? 응? 엄마! 아빠가 우는 것 같아."

"흐흐흐, 요 녀석아, 아빠가 하품해서 그래. 하품하면 원래 눈물이 조금 나오잖아."

세상을 살면서 한 해 한 해 나이를 허투루 먹은 것 같은데, 이상하게도 음악 감상의 취향에서만큼은 나이를 제대로 먹은 것 같기도 하다. 이삼십 대에는 화려하고 힘찬 관현악곡들을 좋아하다가 마흔이 되자 점차 작은 편성의 실내악이나 독주곡들에 마음이 끌리는 것이다. 안 그래도 번잡하고 소란스러운 세상 때문인지 모르지만 단출하고 소박한 연주가 귀에 잘 들어온다. 많게는 백 명이나 되는 화려한 대규모 관현악단에 비해 사중주, 삼중주, 소나타, 독주는 마치 가족이나 나 자신과 담소를 나누는 듯한 느낌이 들어 더 친근하다.

　고교 졸업 무렵부터 시작된 관심이다 보니 직장을 잡자마자 자연스럽게 음반을 사서 모으게 되었다. 남들은 재테크에 열을 올릴 때 명동 일대의 음반가게들을 어슬렁거리며 돌아다녔다. 남들이 주식에 빠져 희비의 쌍곡선을 달릴 때 나는 명반이니 명연주니 하는 음반들을 혹여 놓칠세라 안달이 나곤 했다. 음반 수집에 매달 수십만 원씩을 쏟아부었지만 그래도 늘 사고 싶은 음반은 차고 넘쳐서 예산을 초과한 달에는 용돈을 아끼거나 술을 멀리하면서 한 장 한 장 사들였다. 그렇게 모은 음반들에 대한 애정이 각별했던 것은 물론이다.
　집에 와서 조심스럽게 비닐을 벗기고 음반을 꺼내 오디오를 작동시키면 세상 그 무엇도 부러울 게 없었다. 가족들이 쌓여가는 음반들을 향해 의심의 눈길을 보낼 때마다 나는 "이거 한 장에 5천 원도 안 돼"라며 능청을 떨었지만 당시 수입 음반은 장당 13,000원 안팎이었으니 10여 장만 집어도 20만 원이 훌쩍 넘었다. '다음엔 자제해야지'라고 마음을 다잡아보지만 음악잡지를 통해 매달 선보이는 음반들의 유혹을 뿌리치기는 힘들었다. 특히나 예전에 클래식 음악다방에서 DJ를 하며 접했던 LP 시절의 명반들이 죄다 CD로 변신해서 나오는 바람에 고작 작심삼일이었다.

비로소 음악이
들리기 시작했다

그렇게 다달이 늘어나는 음반들을 한 장씩 꺼내 들으면서 누렸던 행복감은 결혼을 하고 전셋집을 몇 번 옮기면서 가족들의 지청구에 자리를 내주어야 할 때가 더러 있었다. 특히 요즘처럼 부동산 바람이 온 사회를 휩쓸 때면 이미 오래 전부터 전세를 끼고 대출을 받으면 네 월급으로 개포동 아파트쯤은 충분히 살 만하다고 권유해왔던 큰누님의 혀 차는 소리를 감수해야 한다.

제 버릇 남 못 준다고, 남들보다 조금 늦었던 결혼 후에도 주머니 사정이 조금 나아지면 음반가게를 기웃거렸다. 물론 호환, 마마보다 무서운 아내의 눈초리를 피하기 위한 꼼수도 늘었다. 구입한 음반은 그 자리에서 비닐을 다 벗기고 집에 가져가는 것이다. 아내의 기분을 살피다가 괜찮다 싶으면 가방에서 음반을 꺼내며 자진신고를 한다.

"또 음반 샀어? 저렇게 사다놓고 또 살 게 있어?"

"이, 이거 주, 중고야. 한 장에 삼사천 원밖에 안 해."

어떤 날은 아내 몰래 새 음반들을 CD랙에 섞어놓고 한 장씩 꺼내 듣거나 아는 사람한테 빌렸다고 둘러대기도 한다. 물론 결혼 전과 비교하면 음반 구입을 위한 지출은 많이 줄었다. 다행히 집사람도 음악을 좋아하고 또 이런 지출에 대해서도 과하지 않으면 눈감아주곤 한다. 그럴 때 어깨에 잔뜩 힘을 주며 "나중에 늙으면 이 음반들이 우리를 위로해주는 효자가 될 거야"라고 말하는 것까지는 좋은데 노름이나 경마 같은 것에 비하면 나름대로 소박한 취미라고 덧붙였다가는 본전도 못 건진다. "아니, 비교할 게 따로 있지. 만약 그랬어 봐, 당장 이혼감이지."

요즘에는 가끔 회현동 지하상가 음반가게에 들러서 중고 음반이나 한두 장 살까 말까 할 정도로 '철'이 들었다. 어떤 때는 나의 이런 음악 감상이나 음반 수집도 다 부질없는 미망이지 않을까 하는 생각이 들기도 한다. 다행히 나는 오디오 즉, 하드웨어엔 관심이 별로 없다. 물론 좋은 기기를 장만하고픈 마음이야 왜 없겠는가. 하지만 음악감상은 소프트웨어 즉, 음반 위주로 해야 한다는 게 나의 지론이다.

한창 음반 수집에 미쳐 돌아다닐 때 음악 좀 듣네 하는 사람들을 만나면 대화의 주제가 음악보다는 오디오에 치중되어 있어 적잖이 실망했다. 하지만 오디오 바꿈질이나 지름신에 시달리는 이들을 보면 한편으론 고개가 끄덕여지는 바가 없는 것도 아니다. 인간의 귀는 간사하고 오디오는 요망하기 그지없어서 어디 가서 하이엔드 소리라도 접하고 나면 생각이 싹 달라지기 때문이다.

하지만 음악을 들으면서 감동을 받거나 정신이 고양되는 체험을 하는 것은 어떤 오디오로 듣느냐가 아니라 음악을 받아들일 마음의 자세나 준비에 달려 있다. 또 아무리 비싼 오디오라도 음악회 현장에서 느끼는 감동과 분위기를 제대로 전달하지는 못한다. 그래서 나는 오디오 타령이나 하고 있으니 이름 없는 음악회라도 자주 가보라고 권한다. 왜냐하면 음악은 귀가 아니라 마음으로 들어야 하기 때문이다. 나이가 들수록 더 그렇다.

비로소 음악이
들리기 시작했다

유채림 **알 수 없는 신**

그해 가을, 쓰고 있는 소설의 끝을 보기 위해 추풍령에 자리한 용문산에 들었다. 나는 빈집 투성이인 산속 마을에서도 가장 꼭대기에 위치한 집을 구했다. 방 하나에 부엌 하나, 양철로 된 지붕 위로는 밤나무 가지가 밤송이를 매단 채 축축 늘어져 있었다. 켜켜이 내려앉은 먼지를 털어낸 후, 보온을 위해 방문 앞에 비닐을 치고, 변소로 가는 길을 냈다. 계곡 한쪽에는 물 받을 자리와 빨래할 자리를 만들었다.

사나흘이 쉬 지나는 동안 얼추 일은 끝나 있었다. 하지만 아직 낯설음이 남아 있어 몰입의 즐거움을 맛보려면 수일을 더 보내야 했다. 쫓긴다고 될 일도 아니어서 애초에 천천히 갈 생각이었다. 책을 읽거나 산벚나무가 있는 마당을 배회하면서 신(神)의 존재를 좇는 소설의 다음 장면을 메모하곤 했다.

산에 든 지 근 열흘쯤 지나서였을 것이다. 그날은 점심을 끝내고 산

정상에 올랐다. 내 소설의 전환적 계기를 가져다준 신두내를 만난 것은 그곳 정상에서였다. 그는 바위에 걸터앉아 가을볕을 쬐면서 커피를 마시고 있었다. 처음 나를 발견했을 때 그는 불쾌할 정도로 빤히 쳐다보았고, 기도하러 왔느냐고 물었다.

"기도요?"

나는 웬 기도인가 싶어 되물었으나, 이내 이곳이 지금은 사양길로 접어든 기도원 마을이라는 것에 생각이 미쳤다. 이자야말로 기도하러 와 있구나 싶었지만, 굳이 묻지는 않았다.

하루 종일 가봐야 사람 한 번 만날 수 없는 곳이어서인지 불현듯 마주친 사이임에도 불구하고 그와 나는 쉽게 가까워졌다. 신두내는 아예 자신이 살고 있는 곳으로 나를 안내했다. 마사로 된 바위를 파내어 한 사람 들어가 누우면 딱 맞을 공간을 만들어놓고, 입구에는 비닐로 된 문까지 달아놓은 토굴이었다.

'이런 곳에서도 사람이 사는구나!'

놀라워서 혀를 내두를 판인데, 신두내는 포터블 렌지로 차를 끓여주면서 이곳에 산 지는 3년이 다 되어간다고 말했다. 뿐만 아니라 신을 찾아 떠나온 자신의 신산스러웠던 삶도 드러냈다. 신의 존재를 향해 떠나는 주인공의 삶을 그리고 있는 나로서는 무척 귀를 밝힐 만한 얘기가 아닐 수 없었다.

검정고시를 거친 그는 나이 서른여섯에 대학에 들어가 철학을 공부

했다고 말했다. 그렇다면 굳이 이런 토굴까지 들어와서 신을 찾는 이유가 뭐냐고 내가 묻자, 그는 씨익 웃었다.

"검정고시 공부할 때 만났던 신을 찾고 싶었지요. 대학원에서 신학을 공부하고 목회할 생각이었는데, 학부 졸업할 때 보니 그 옛날 만났던 신이 어디에도 없는 거예요. 마지막 학기 때 학과장 면담이란 게 있잖아요. 교수가 앞으로 뭐 할 거냐고 묻기에 난 단호히 토굴에 들어갈 거라고 말했지요. 잃어버린 신을 찾고, 신학을 해서 목사가 되는 게 꿈이라고 했어요. 하지만 토굴에서 3년을 지내는 동안 그 신은 결코 오지 않았어요."

"도대체 어떤 신이기에 토굴에서, 그것도 3년씩이나 찾아 헤맵니까?"

나는 그렇게 묻지 않을 수 없었다.

"삼십 중반 다 돼 검정고시라는 걸 시작하긴 했으나, 한마디로 난감했죠. 학원 다닐 형편도 아니고, 이해도 안 되고, 그냥 무식하게 들입다 외우는 수밖에 없었어요. 물론 전혀 안 되는 과목이 있었으니 수학이 그랬지요. 그것 때문에 두 번이나 떨어졌거든요. 마지막이라는 심정으로 다시 도전할 땐 매일 기도했는데, 시험 보기 전날인가 꿈을 꿨어요. 수학 시험지가 보이고, 20번 문제와 그 답이 보이는 거예요. 그런데 다음날 시험장에서 문제지를 받아보니 놀랍게도 20번 문제가 꿈속에서 본 것과 똑같잖아요. 수열 문제였는데, 더 볼 거 없이 꿈에서 본 답을 찍었지요. 그것 때문에 간신히 과락을 벗어나 합격했으니, 그런 신을

나는 오랫동안 방향 없는 길을 걸었다.
나 자신을 믿고 내 이성이 안내하는 길을 따라 걸었다.
말할 수 없는 것에 대해서는 침묵함으로써 결코 요란하지 않으려 했다.
그런데도 언뜻언뜻 유년의 신이 떠오를 때가 있었다.

애원할 수밖에요."

　신두내는 철학을 하는 동안 그 같은 검정고시의 신을 놓치지 않으려 했다고 말했다. 그러나 신과 철학의 불화는 그로 하여금 어느 한 쪽을 놓도록 하였다.

　물론 철학을 통해서도 신을 찾고자 한다면 가능하다고 했다. 아리스 토텔레스의 '부동의 동자'로부터 출원해낸 중세의 전지전능한 완전자 로서의 신이라면 찾을 수 있었다. 필요하다면 칸트에게서처럼 이성에 의해 조정되는 싸늘하고 창백한 신 또한 찾을 수 있었다. 그러나 밤하 늘의 표상일 뿐인 그 같은 신들이 자신의 삶에 무슨 의미를 부여하겠는 가.

　신두내는 검정고시의 신을 찾고자 했다. 인간을 세계의 공동 창조자 로 삼고, 인간이 원하면 한 발 물러서서 왕으로 세워주기도 했다가 역 시 세울 게 아니었다며 후회할 줄도 아는 그런 신이었다. 따뜻하면서도 언제나 자기극복을 해나가는 신, 그런 신이라면 너희가 선악과를 따 먹 을 수 있으나, 그러면 너희의 삶이 고통스러워질 거라는 설득적인 힘도 발휘할 수 있을 것이었다. 또 그런 신이 창조한 세계야말로 중세의 전 지전능한 신과 달리, 악의 개념도 들어설 여지가 있을 것이었다.

　신두내는 그 신을 찾아야만 신학을 할 수 있을 것이고, 목회자의 길도 갈 수 있을 것이라고 말했다. 그는 부인했으나 세세한 데까지 배려하 는, 자상하면서도 위엄과 억압을 동시에 지닌 아버지로서의 신, 프로이

트가 말하는 아버지 같은 신의 이미지를 갖고 있는 것이었다.

하지만 신두내는 3년의 토굴생활을 접고, 이제는 하산을 준비 중이라고 말했다.

"실은 어디로 가야 할지 모르기에 신을 말해왔고, 언제나 공허해지면서 신을 말해왔고, 무엇을 해야 할지 모르면서 신을 말해왔어요. 토굴에서 지낸 3년 동안 정신의 흐느낌도 수없이 겪었지요."

내가 걸어온 지난한 삶을 떠올리며 나는 퍽이나 서글픈 심정으로 하산 후에 겪게 될 신두내의 여정을 상상해보았다. 전혀 가늠할 수 없을 듯싶으면서도 어쩐지 엄연한 길을 갈 것처럼 모든 게 눈에 그려지는 것이었다. 아마도 내가 걸어온 그 길로 가지 않을까, 그런 생각이 드는 것이었다.

의심이 깊던 청년 시절에 나는 어머니의 손을 잡고 교회에 나가서 알게 되었던 내 유년 시절의 신을 지우고자 했다. 기독교의 특징이 되어버린 비굴이니, 자기멸시니, 굴욕이니, 맹종이니 따위가 도대체 내 길과는 전혀 무관하게 여겨졌다. 하물며 교회가 제멋대로 길들여놓은 신에 이르면, 내게 있어 신은 차라리 부끄러움이었다.

나는 오랫동안 방향 없는 길을 걸었다. 나 자신을 믿고 내 이성이 안내하는 길을 따라 걸었다. 말할 수 없는 것에 대해서는 침묵함으로써 결코 요란하지 않으려 했다. 그런데도 언뜻언뜻 유년의 신이 떠오를 때가 있었다. 그럴 때는 세계의 경계 밖에서 야영을 하면서까지 그 신을

알 수 없는
신

지워버리고자 했다.

마침내 신 없이 살게 되었다고 믿고 싶었다. 굳이 세계 밖에서 야영할 필요도 없이 현재의 삶을 알뜰히 꾸리노라면 얼마든지 신 없이도 살 수 있을 거라고 믿고 싶었다.

그러나 내 의식의 근저에 깔린 저 견고한 유년의 신은 늘 나를 밀어온 모양이었다. 나이를 먹어갈수록, 더하여 신의 부재(不在)에 관해 별다른 의미를 부여할 수 없을수록 나는 내 안의 신이 엄연히 존재해왔음을 부인할 수 없었다. 오히려 키에르케고르나 헤겔이나 니체의 경우처럼 신을 가지고 놀았던 자들의 최후가 참으로 비참했음을 떠올려야 했으니, 나는 두려움 속에서 어느새 신을 향해 기도하는 자가 되었던 것이다.

신두내가 측은했다. 이제는 신학과 목회자의 길을 포기한다고 했으나, 결코 검정고시의 신이라는 경계 밖으로까지 뛰쳐나가지는 못할 것임을 나는 알고 있었다. 그는 철학을 통해 그 신을 놓아버렸던 것이 아니라, 다시 한 번 그 신을 만나야만 자신의 꿈을 밀고 나갈 수 있겠다는 끝없이 유약한 자였던 것이다.

해가 지는지 토굴 안에는 어둑시근한 기운이 감돌고 있었다. 나는 가야겠다는 말을 남기고 일어섰다. 나는 유년의 신에게로 돌아가 있으나, 내게는 그 신이 여전히 불가해하여 단 한 마디의 설명조차 늘어놓을 수 없다. 그러니 신두내에게 무슨 말을 남기겠는가.

나는 박모가 내리는 정상을 내려오는 동안 청년 시절에 수없이 읽었던 니체의 '알 수 없는 신'을 떠올렸다.

알려지지 않은 이여, 당신을 알고 싶나이다.
내 영혼 바닥에 이르시는 이
내 삶을 유린하시는 사나운 광풍이시여
개념할 수 없으면서도 인연이 있는 분이시여
내 당신을 알고 싶나이다. 또한 섬기고 싶나이다.

알 수 없는
신

4

관계 - 변했거나
변하지 않았거나

살던 마을이 물에 잠기고 이웃들이 뿔뿔이 흩어져야 한다는
것이 처음에는 거의 비현실적으로 느껴졌다.
그러나 실제로 한 집 두 집 마을을 뜨기 시작하자,
열여섯 살 우리들은 어떤 절박감에 사로잡혀
매일 밤 약속도 없이 만나게 되었다.
그해 겨울, 우리는 집단으로 술을 배웠고……

내 마음속 푸른 바위 최용탁

　나는 원체 줏대가 없고 귀가 엷은 편이라, 십여 년 전부터 나름대로 몇 개의 원칙을 세워두고 사람을 만난다. 두루두루 만나는 사람마다 제가끔 인연에 따라 관계를 맺고 관계를 따져 인연을 짓는 이를 일러 흔히 마당발이라 부르거니와, 줏대와 더불어 숫기까지 없는 터수에 자못 부럽지 않은 바는 아니나, 마당보다 봉당이 호젓하고 봉당보다 섬돌 위가 조강함을 모르지 않으니, 굳이 성정을 탓하여 고치려 들지는 않는다.

　그럼에도 굳이 그 위에 한 꺼풀 더 원칙을 들먹이며 사람을 가려 만나는 뜻은, 다만 아는 것을 안다 하고 모르는 것을 모른다 하는 것이 진정 아는 것이라는 공씨(孔氏)의 가르침 한 구절이 늘 마음 한편에 가시처럼 걸려 있기 때문이다. 배운 게 없고 보는 눈은 물고기의 그것과 크게 다르지 않지만, 세상 돌아가는 모습에는 나름대로의 속 깜냥이 없을 수 없다. 게다가 제대로 된 뉴스와 더불어 저런 것도 기사라고 쓰는 기자는 혹시 집 나간 숙자 동생이 아닐까 의심스러운 뉴스까지, 농어촌과 산촌을 가리지 않고 초고속으로 쇄도하니, 세상살이에 담을 쌓지 않는 이상 이 사회의 병통이 보이지 않을 까닭이 없다. 하여 알게 된 것을 모른다 할 수 없으니 비분강개는 아닐지라도 한 줄기 심화(心火)는 고질이 되었다.

여러 가지 병통 중에 단연 눈에 띄는 것은 제각기 무리를 지어 자기들끼리 잡아주고 끌어주며 밀려가기도 하고 딸려가기도 하는 끼리끼리 문화라고 하겠다. 그래서 내가 사람을 만나는 제일의 원칙은 학연이나 지연, 혈연을 꼬투리로 무리를 짓는 곳에는 가지 않는다는 것이다. 우리 사회에서 시다 못해 군내를 풍기는 병통의 가지를 구석구석 뻗고 있는 것이 바로 그 동문회니, 향우회니, 종친회니 하는 패거리 문화임을 알게 된 후로 아예 그쪽으론 평생 동안 발걸음을 하지 않기로 마음을 정했다. 그러다 보니 어떤 모임도 없는 조금은 특이한 인생이 되었다.

내가 사는 곳이 고향과 가까운 시골이고 고등학교까지 내처 지역에서 나왔으니 다달이 학교와 관련된 모임의 초대장이나 전화가 풀 방구리에 쥐 드나들듯 끊이지 않는다. 고등학교만 하더라도 반창회에서 동창회, 동문회, 동문체육대회, 지역동창회에 각종 동창 개업식까지, 십여 년째 발길을 끊었으면 내 주소와 전화번호를 삭제할 만도 하련만, 참으로 지극정성이다. 초등학교와 중학교도 사정은 별반 다르지 않고

처음 누가 우리의 모임을 청벽회라고 하자는 제안을 했는지
아무도 기억하지 못한다.
가끔씩 갑론을박이 있지만,
나는 뒷산에서 따뜻한 양지를 내주고
장승 같은 얼굴로 우리들의 등하굣길을 내려다보던
바로 그 푸른 바위가
우리 모두에게 넌지시 속삭인 것만 같다.
우리들 생애에서 가장 아름다웠던 만남을 잊지 말자고.

지연과 혈연으로 엉긴 인연들도 나이가 들수록 더욱 기승을 부린다.

그런데 과연 학연, 지연, 혈연을 빼고 나니 도무지 갈 곳 없는 사회가 대한민국이었다. 나도 학창 시절의 추억을 함께 나눈 친구들이 보고 싶고, 때로는 사무치게 그립기도 하다. 그러나 너무도 많은 모임의 홍수 속에 살아가는 친구들에게 일부러 나와의 개인적인 시간을 갖자고 청하는 일은 너무 엄청나게 느껴져서 실제로 행할 수 있는 일은 아니다. 더 나이가 들어 내가 세워놓은 원칙 때문에 감당해야 할 외로움이 조금 더 커질지라도 나는 스스로 진창에 발을 들일 생각은 없다.

나에게 어떤 모임도 없다는 위의 말은 수정되어야겠다. 내게도 딱 하나 일 년에 두 번 나가는 모임이 있다. 청벽회(靑壁會). 열일곱 살 나던 해 봄에 창립회원으로 가입하여 25년째 회원으로 있는 곳이다. 외국에 나가 있던 9년 동안에도 회원들은 나를 제명하지 않았고 회비 납부도 열외로 해주었다. 어찌 보면 청벽회 또한 내가 타기해 마지않는 지연에 기대어 생긴 모임이지만, 나는 이 모임만은 부정하지 못하겠다. 그것은 마치 나 자신을 부정할 수 없는 것과 같다.

나는 소백산맥이 흘러와 줄줄이 낳아놓은 산촌의 어느 마을에서 태어났다. 산촌답게 낮은 앞산, 뒷산 너머로 큰형 같은 산이 품을 벌리고 그 뒤로는 아버지 산이 우람하게 하늘을 받치고 있는 풍경이 내가 처음 만난 세상이었다. 마을의 바로 뒷산에는 삼십여 미터 정도의 깎아지른 바위 절벽이 있었는데 주위의 상수리나무 그늘과 바위 이끼로 늘 푸르

스름한 빛을 띠었다. 멀리서 보면 엄청나게 큰 장승의 얼굴을 연상시키는 그 바위 절벽을 청벽이라 불렀고 양지바른 청벽 아래는 어린 우리들의 놀이터였다. 그 청벽 아래에서 나는 생애 처음으로 친구를 사귀었는데 겨우 소꿉장난 정도를 시작할 나이였으므로 진지하게 악수를 나눈다거나 통성명을 하지는 않았을 것이다. 훗날 청벽회의 핵심 조직원(?)이 될 십여 명의 친구들은 그렇게 이미 서너 살 무렵에 만나 온갖 놀이와 싸움으로 날을 보내며 조금씩 나이를 먹어가게 된다.

오랜 가난과 몽매함이 어른들을 술주정뱅이로 만들었고 화투판과 싸움이 그치지 않는 마을이었지만, 우리들은 철철이 참꽃과 오디와 칡 따위를 주전부리 삼아 소년기 특유의 우정(소위 불알친구의 우정)을 쌓아갔다. 같은 초등학교와 중학교를 다니며 함께 걸은 길만도 대충 계산해 25,000킬로미터, 약 6,200리다. 이만하면 가히 피로 맺은 조직의 전사(前史)라 할 만하지 않은가.

그러나 청벽회는 피로 맺은 우정이 아니라, 눈물의 잔을 나누며 맺은 모임이다.

오랫동안 흉흉한 풍문처럼 떠돌던 충주댐의 건설이 마침내 확정되어 토지 보상을 시작한 것이 우리들의 나이 열여섯 무렵이었다. 살던 마을이 물에 잠기고 이웃들이 뿔뿔이 흩어져야 한다는 것이 처음에는 거의 비현실적으로 느껴졌다. 그러나 실제로 한 집 두 집 마을을 뜨기 시작하자, 우리들은 어떤 절박감에 사로잡혀 매일 밤, 약속도 없이 만나게 되었다. 이대로 영원히 헤어지게 될지도 모른다는 불안감과 막 비상하기 시작하는 청춘의 열정과 마을 공동체의 붕괴가 불러온 내면의 균열 따위가 뒤섞여 중학교 졸업을 앞둔 그해 겨울, 우리는 집단으로 술을 배웠고 서로 잡아주고 끌어주며 얼마 안 가 당당히 술도가의 큰 고객이 되었다.

눈길을 걸어 두 말 술통을 번갈아 메고 오면 먼 산에서는 귀에 익은 짐승들의 긴 울음이 우리를 따라왔다. 때로는 볏짚이나 마른 고춧대를 쌓아 불을 피우고는 조용필이나 나훈아의 노래를 목 터지게 부르기도 했지만, 그해 겨울을 생각하면 지금도 한없는 애수의 감정이 북받친다.

이듬해 본격적인 이산이 시작되면서 우리는 청벽회라는 모임을 만들기로 했는데 강령과 규약은 뭉뚱그려 단 하나, 평생 동안 고향을 잊지 않고 영원한 우정을 간직한다, 였다. 그리고 우리는 저마다 다른 고장으로 흩어져 갔다. 고등학교에 진학한 친구도 있고 직업을 찾아 떠난 친구도 있었다. 그 이후 회원의 대다수가 일시적으로 다른 조직에 몸담았을 때(군대 갔을 때)를 제외하고는 출석률이 70퍼센트 이하로 내려간 적 없이 지금까지 오고 있다.

열네 명이었던 회원 중에 둘이 죽었다. 둘 다 마흔을 채우지 못하고 하나는 병마에, 하나는 사고에 갔다. 아직 총각이 있는가 하면 고등학생을 자식으로 둔 회원도 있다. 면서기, 트럭운전사, 유리공장 공장장, 자동차 정비공, 농부, 중학교 선생, 고물상이란 말을 가장 싫어하는 재

활용업체 사장, 농산물 유통업자, 방앗간 주인 등이 우리 회원들의 직업이다.

나이가 들어가면서 모임의 출석률은 오히려 점점 높아져 한 명도 빠짐없이 모이는 때도 적지 않다. 지난번엔 모임을 일 년에 네 번으로 확대 개편하자는 안이 나와 겨우 부결된 일이 있을 정도로 갈수록 회원들의 열기가 고조되고 있는 실정이다. 나와는 달리 다들 이런저런 모임이 많은 모양인데도 그렇다. 모여서 하는 일은 사실 아무것도 없다. 밥 먹고 술 마시고 노래방이나 맥주집에서 2차를 한 다음 10년 단골 여관으로 간다. 여관의 제일 큰 방에서 술 마실 사람은 술을 마시고 화투를 치고 싶은 사람은 화투를 친다. 그러고는 마흔 넘은 사내 열둘이 서로 팔을 베고 다리를 올리며 사이좋게 잔다. 그것이 전부다. 내가 보기에 우리 모임의 핵심은 '같이 자기'다. 나 역시 일 년에 두 번 그 친구들과 자는 잠자리가 가장 즐겁다.

처음 누가 우리의 모임을 청벽회라고 하자는 제안을 했는지 아무도 기억하지 못한다. 가끔씩 갑론을박이 있지만, 나는 뒷산에서 따뜻한 양지를 내주고 장승 같은 얼굴로 우리들의 등하굣길을 내려다보던 바로 그 푸른 바위가 우리 모두에게 넌지시 속삭인 것만 같다.

우리들 생애에서 가장 아름다웠던 만남을 잊지 말자고.

차오르는 남한강 물속으로 가라앉으며 우리들 마음속 그 푸른 바위가 그렇게.

내 마음속
푸른 바위

한재희 그 후로 33년이 흘렀다

　자신을 내가 졸업한 시골 중학교의 동창회장이라 소개하는 뜻밖의 전화를 받은 것은 광고회사랍시고 차려놓고 골치가 지끈거리는 하루하루를 보내고 있던 2005년 6월의 어느 오후였다. 얼굴도 제대로 기억하지 못하는 그 후배는 대뜸 이하영 선생님을 아느냐고 물어왔다. 중학교 1학년 때 영어 선생님의 존함이었다. 후배 동창회장은 이하영 선생님께서 선배님을 찾으신다며 내 전화번호를 가르쳐드려도 괜찮겠느냐고 했다. 이미 뭔지 모를 흥분에 목소리가 커진 나는 내가 먼저 전화를 드리는 게 도리니 선생님 전화번호를 알려달라고 했고 급하게 메모를 한 후 전화를 끊었다.

　내가 중학교 1학년 때라면 도대체 얼마나 오래 전 일인가. 30년 저쪽의 일이 아닌가. 놀란 가슴을 진정시키느라 곧바로 전화를 할 수 없었다. 선생님의 존함을 듣는 순간 '어? 이하영 선생님' 했으니 내 가슴속에도 늘 계셨던 분임은 분명하나 이런 일이 자주 일어날 수 있는 일은 아니잖은가? 어딘가에서 읽은 구절도 생각났다. 선생님은 제자들에게 먼저 연락을 하지 못한다는 글이었다. 연락하고 싶어도 이런저런 사정으로 연락하지 '못' 하는 제자들을 배려한다는 내용이었다.

담배를 한 대 피우고 나서 떨리는 마음으로 번호를 눌렀다. ○○○고등학교 교무실이라는 저쪽의 응답소리가 들려왔고 선생님은 수업 중이시라고 했다. 그래, 아직 교단에 계시는구나. 그러고 보니 선생님의 연세를 모르고 있다는 생각이 들었다. 내가 까까머리 중학생이었을 때 젊은 선생님을 뵈었으니 세월이 많이 흐른 것은 분명하지만 정확한 연세를 알 수는 없었던 것이다.

몇 번의 전화 끝에 드디어 선생님의 목소리를 듣게 되었다. "선생님, 저 한재희입니다." 전화기 저쪽에서 선생님의 반가운 음성이 들려왔다. 순간 어떤 짜릿한 것이 온몸을 휙 훑고 지나가는 느낌이었다. 그렇게 이루어진 선생님과의 33년 만의 전화통화는 도대체 차분할 수 없었고, 대학로 학전다방에서 뵙기로 하고 겨우 끝났다.

그날 오후 내내 나는 자연스럽게 그 시절로 걸어들어가고 있었다. 당시 온양 읍내에는 남자 중학교가 두 개 있었는데 내가 입학한 해는 중학교 입시제도가 폐지되고 이른바 뺑뺑이라는 제도가 처음 시행된 해였다. 지금과는 달라도 너무 달랐던 그 시대에 우리는 영어 알파벳도

선행학습하지 않고 중학교에 입학했는데 첫 영어 수업 시간에 뵌 분이 바로 이하영 선생님이었다.

돌이켜보건대 선생님을 만난 것은 행운이었다. 적어도 영어 시간이 지겹지 않았다. 이하영 선생님은 다른 어떤 선생님보다 열성적이었고 시골 중학생들에게 영어로 들어가는 문을 넉넉하게 열어주셨다. 예를 들면, 어머니가 계란을 갖고 가다가 미끄러져서 계란을 깨게 되면 "에그, 계란이 다 깨졌네" 한다는 식의 재미있는 예문을 통해 우리에게 egg라는 단어를 가르치셨다. 또한 선생님은 우리들에게 발음기호 읽는 법까지 가르치셔서 1학기가 끝날 무렵에는 우리 반의 거의 모든 아이들이 사전을 통해 스스로 공부하는 경지에까지 이르게 하셨다. 당시로서는 파격적인 영어 학습방법이었다.

그날 오후는 일을 제대로 할 수 없었다. 친구들에게 자랑 삼아 이 사실을 알렸고 퇴근해서는 마누라와 딸들에게 핀잔을 들을 정도로 떠벌렸다. "아빠가 그렇게 대단한 학생이었단 말이야?" 하는 게 딸들의 시샘 어린 반응이었다. 아무튼 그날의 나는 있는 대로 떠벌리는 33년 전의 중학생 그 이상도 이하도 아니었다.

며칠 후 나는 약속 시간보다 이른 시각에 대학로 학전다방에 앉아서 선생님을 기다렸다. 혹시 선생님을 알아보지 못할까 싶어 학교 홈페이지에서 선생님 사진까지 확인한 후였다. 33년 전 까까머리 중학생이었던 40대 후반의 제자가 이제는 예순이 다 되신 선생님을 일어서서 맞는

다. 선생님께 중학교 이후 내가 살아온 이력을 뼈대만 추려 경력보고 하듯이 읊다가 너무 간단한 내용이어서 속으로 놀라기도 했다.

선생님은 이런 말씀을 하셨다. 서울로 옮기신 후 몇몇 학교에서 똑똑하다는 서울 아이들을 가르치셨지만 순수했던 시골 아이들의 눈망울을 잊을 수 없었다고 말이다. 아니, 시간이 갈수록 더욱 생각나고 자꾸 비교하게 되더라는 말씀도 하셨다. 그렇게 말씀하시는 선생님 주위가 갑자기 환하게 밝아오는 듯했다. 나는 생각을 고쳐먹었다. '내가 잘나서 선생님이 나를 찾으신 게 아니야. 선생님이 따뜻하고 여전히 순수한 마음을 지니셨기에 나에게 이런 기쁨을 주시는 거야.'

선생님께서 학교를 떠나신 후 내가 몇 번 편지를 보냈다는, 나도 기억하지 못하는 이야기도 해주셨다. 생각해보니 당시 선생님은 우리 집 뒤에 있던 양옥집 2층에서 하숙을 하고 계셨고 그래서 다른 학생들보다 더 정이 들었던 것 같기도 하다. 선생님은 내가 고등학교 때 그 당시는 꽤 유명했던 모 방송국의 퀴즈 프로그램에 출연한 것을 우연히 보셨다고 하셨고, 만나야지 하면서도 실제로 연락은 하지 못했다며 미안하다고도 하셨다. 내가 영문과를 졸업했다는 말에 유난히 기뻐하시는 선생님께 아내가 교편을 잡고 있고 딸 둘을 키우고 있으며 아직까지는 중산층에서 밀려나지 않고 있다고 말씀드렸다.

선생님은 그 흔한 핸드폰도 자동차도 없이 평교사로 재직 중이셨고 이제 정년이 몇 년 남지 않았다고 하셨다. 한평생을 욕심 없이 한 길을 걸어온 남자로서의 매력과 약간의 쓸쓸함이 배어나왔다.

그 후로
33년이 흘렀다

"이렇게 뵈니 선생님께 죄송한 생각이 듭니다. 선생님께서는 저를 잘 가르쳐주셨는데 저는 성공도 못하고 돈을 많이 벌지도 못했습니다."

"성공? 그래, 내 제자들 중에 출세하고 성공한 제자들도 많지. 그런데 나는 우리가 함께했던 그 시절의 추억이 영 잊히지 않더구먼."

가족들과 함께 댁으로 찾아뵙겠다고 약속하고 전철역까지 선생님을 배웅했다. 내 나이 속에 이만큼의 또 다른 세월을 담을 만큼 내가 나이 들었구나 하는 생각에 기분이 묘해짐을 느꼈다.

몇 달 후 벼리와 서연이까지 데리고 선생님 댁을 방문하면서 선생님과의 인연 하나가 더 확인되었다. 비슷한 억양 때문에 서로 고향을 묻고 학교를 묻고 난 후 사모님과 아내가 같은 고등학교 동문이라는 사실이 확인된 것이다(포항에 있는 P 여자고등학교였다). 이건 절대 쉬운 일이 아니다! 선생님을 뵌 후 내 마음속에는 어떻게든 선생님과의 미리 정해진 인연 같은 것을 확인하고 자랑하고 싶은 욕심이 가득 차 있었으므로 이 사실은 나에게 더욱 힘을 실어준 좋은 소재가 되었다.

선생님은 장성한 아들 둘을 두셨는데 둘 다 서울대를 졸업했다고 한다(평소 나는 아이들에게 공부를 너무 잘해서 서울대에 갈 생각은 하지 말라고 말한다. 너희 말고도 서울대에 가려는 아이들이 많으니 그 아이들에게 양보해라, 뭐 이런 논리다). 특별한 과외도 하지 않고 말이다. 그 방법을 선생님은 1/2/3 학습법이라고 설명해주셨는데 의외로 간단한 것이어서 잠깐 소개할까 한다. 쉽게 말해 초등학교 때는 하루 한 시간, 중학교 때는 하루 두 시간, 고등학교에 가서는 하루 세 시간을 공부한다는 것이다! 허! 이거 솔깃한데? 국영수 위주로 그날 학교에서 배운 내용을 복습하는 데 이 시간이면 충분하다는 설명이었다. 다른 암기 과목은 시험에 임박해 공부해도 충분하니 학원에 보낼 이유도 없다고 하셨다. 고학년에 가서는 방학 기간에 보충 차원에서 수학 학원에 보낸 적은 있다고 하셨다.

선생님과의 놀라운 재회를 돌이켜보면서 나는 벼리와 서연이를 생각하게 된다. 우리 아이들에게도 내가 누린 것과 같은 행운이 찾아올 수 있을까? 학교가 무너지고 있고 지옥이라는 말 외에는 달리 표현하기 힘든 지금의 교육현실에서 나처럼 선생님의 향기를 맡을 수 있는 그런 관계가 도대체 가능한 일인가?

전망은 우울하고 아이들에게 뾰족한 대안을 제시하지 못하는 부모로서 자괴감에 빠질 때가 많지만 끝내 희망을 버리지는 못할 것이다. 또한 중학교에서 아이들을 가르치는 아내가 선생님의 정신이나 교사로서의 바른 길을 배웠으면 하고 간절히 바라게 된다. 무엇보다도 우리 아이들이 평생 잊지 못할 좋은 선생님을 단 한 분이라도 꼭 만날 수 있게 되기를 말이다.

그 후로
33년이 흘렀다

홍창욱 일할 때 좋은 사람

　직업이 직업인지라 많은 사람들을 만나게 된다. 교양 PD였을 때는 다양한 직업을 가진 사람들을 만났고, 드라마 PD를 하는 지금은 배우, 작가, 스태프 등 상대적으로 한정된 직종의 많은 사람들을 만나고 있다. 말하자면 다양한 소수 대신 한꺼번에 다수를 만나게 된 것이다. 촬영장은 말할 것도 없고 준비 과정에서부터 그 이후의 작업 과정까지 정말 많은 사람들을 만난다. 처음에는 드라마 한 편 만드는 데 이렇게 많은 사람이 필요할까, 라고 생각했지만 실제로 경험해보니 충분히 이해되었다.

　그 많은 사람들이 드라마 한 편을 제작하는 동안 서로의 필요에 따라 짧게는 한 달, 보통은 3~6개월 그리고 길게는 1~2년씩 만나고 헤어지는 이합집산을 반복한다. 마치 아파트 건설현장에 사람들이 모였다가 공사가 끝나면 헤어지듯이 드라마 촬영장에도 사람들이 모였다 흩어졌다 하면서 서로에게 기쁨을 주기도 하고 아픔을 주기도 한다.

공사장 중심에 십장이 있듯이 촬영장 중심에는 일의 특성상 많은 것을 결정해야 하는 PD가 있다. 공사장 분위기가 십장에 따라 달라지듯이 촬영장은 PD에 따라 팀의 분위기가 많이 결정된다. 어떤 팀은 시청률이 조금 나빠도 팀 분위기가 좋은가 하면 어떤 팀은 하늘을 찌르는 시청률에도 불구하고 사람들 얼굴에서 먹구름이 가시지 않는다. 촬영장의 일도 힘들지만 그것보다는 PD에게 무시당했다는 느낌이 들거나 이치에 닿지 않는 PD의 요구를 일의 특성상 수행할 수밖에 없어 자괴감이 드는 경우가 많을 때 팀 분위기가 어둡게 마련이다.

지금은 그런 사람들을 찾아보기 힘들지만 조연출 시절 닮지 말아야겠다고 생각했던 선배 연출자들이 있었다. 스태프와 엑스트라에게 사리에 어긋나는 일을 시키는 것은 말할 것도 없고 모멸감을 주는 욕설을 퍼붓고 심지어는 폭력을 행사하는 사람도 있었다.

왕PD로 군림하며 약한 자에게는 강하고 강한 자에게는 약한 이중적인 모습을 보이기도 했다. 스타 앞에서는 비위를 맞추느라 배우가 늦어도 아무 소리 못하고 미흡한 연기에도 침이 마르도록 칭찬하지만 영향력 없는 배우는 조금만 늦어도 수많은 스태프들 앞에서 "연기를 못하면 시간이라도 지켜야지, 넌 도대체 뭐 하자는 XX야" 하면서 공개적으로 망신을 주는 이중적인 모습이 몹시 혐오스러웠다. 일할 때는 힘없는 스태프나 무명 배우들을 끊임없이 괴롭히다가 일이 끝나면 언제 그랬냐

엄격함 속에 남에 대한, 특히 약자에 대한 배려와 이해가 없다면
그것은 남보다 성공하고 싶다는 이기적인 욕구를 엄격함이라는
미명으로 포장한 것에 불과하다.
약간의 손해를 감수하더라도 '일할 때 좋은 사람이 좋은 사람' 인
관계를 만들어가는 것이
젊은 시절 막걸리에 취해 낭만적이고 이상적인 세계를 꿈꾸었던
내 모습의 일부나마 지켜가는 것이 아닌가.

는 듯이 웃는 얼굴로 다가가서 소주잔을 기울이는 모습을 보면 참으로 가증스럽기까지 했다.

그런데 내가 정말 이해하기 어려웠던 것은 당하는 사람들의 태도였다. 그들은 온갖 수모를 겪고도 끝나고 나면 "일할 때는 프로! 일이 끝나면 인간적인 모습" 운운하면서 그들의 이중적인 태도를 옹호하거나 찬사를 보내곤 했다. 마치 군대에서 못된 고참들이 졸병들을 팬티 차림으로 집합시켜놓고 눈밭에서 갖은 얼차려로 괴롭힌 뒤 한 명씩 불러서는 "내가 괴롭히고 싶어서 그랬겠냐, 내무반의 전체 군기를 위한 것이니 너희들이 이해해달라"며 '위로' 할 때 눈물을 흘리는 졸병들을 보는 것 같았다. 소주 한 잔에 모든 것이 '이해' 되었다가 다시 일을 시작하면 똑같은 상황이 반복되고 여전히 괴로워하는 모습이 너무 안타까워서 나는 늘 주장했다.

"아니, 우리가 절친한 친구 사이도 아니고 일이 끝나면 헤어져서 일을 다시 같이 하기 전에는 못 볼 사이인데 일할 때 모습이 가장 중요하지, 일 끝나고 나서의 모습이 뭐가 중요합니까."

"일할 때 좋은 사람이 좋은 사람입니다. 일 끝나고 나서 잘해주면 뭐 합니까? 같이 살 것도 아닌데."

이제 내가 선배의 위치에서 감독이라는 이름으로 일하며 내가 한 말들을 돌이켜본다. 잘하고 있는지는 모르겠지만 적어도 이중적인 모습은 안 보이는 것 같다. 주변에서 내가 너무 독하지 못하고 주위 사람들

일할 때
좋은 사람

을 많이 배려하여 손해를 본다고 걱정하니 말이다.

"일할 때는 엄격히, 사적인 영역은 인간적으로." 좋은 말이다. 비단 방송뿐 아니라 프로의 세계를 강조할 때 어느 직종에서나 통용되는 말이기도 하다. 하지만 나는 그 엄격함 속에 남에 대한, 특히 약자에 대한 배려와 이해가 없다면 그것은 남보다 성공하고 싶다는 이기적인 욕구를 엄격함이라는 미명으로 포장한 것에 불과하다고 생각한다. 물론 그것이 이기주의가 아닌 공사의 구별일 뿐이라는 주장에도 일부 동의한다. 그렇지만 약자에 대한 배려가 없는 공사의 구별은 비인간적이라는 생각이다. 약간의 손해를 감수하더라도 '일할 때 좋은 사람이 좋은 사람' 인 관계를 만들어가는 것이 젊은 시절 막걸리에 취해 낭만적이고 이상적인 세계를 꿈꾸었던 내 모습의 일부나마 지켜가는 것이 아닌가 한다.

그런데 40이 넘어서니 일을 통해 만나는 관계에서 다른 감정도 공존함을 숨길 수 없다. 이중적인 태도까지는 아니고 어찌 보면 사람을 바라보는 변화된 시선 또는 나 자신의 용기 없음 같은 것에서 비롯된 감정일 것이다.

이를테면 예전엔 똑똑하고 딱 부러지는 후배들이 좋았는데 지금은 덜 똑똑해도 묵묵히 잘 따라주는 후배가 좋다. 입바른 소리를 하기보다는 말없이 행동으로 보여주는 후배가 그렇게 예쁠 수 없다. 내가 지금 잘못해도 바로 따지기보다는 일단 일을 마친 후 지적해주는 후배가 좋다. 후배들의 당찬 모습도 든든하지만 서글서글한 인상에 능글능글하기까지 한 후배들의 태도에 오히려 편안함을 느낀다. 예전의 내 모습을 돌아보니 선배들이 나를 꽤 까칠한 놈이라고 여겼을 거라는 생각이 들어 후회된다.

얼마 전 제작과 관련해서 간부들의 부당한 처사를 놓고 평PD들이 모여 회의를 한 적이 있었다. 간부들에 대해 성토하고 차제에 그런 일을 막기 위해 평PD들이 집단으로 사표를 내자고 후배들이 제안했다. 나는 그럴 정도의 사안이 아니니 대화를 통해 우리의 의사를 표출하자고 말한 뒤 간부이자 선배인 사람들의 입장도 고려해야 하지 않겠느냐고 했다. 어느 회의든 마찬가지겠지만 강경파가 득세하게 되어 있어서 회의 분위기는 몹시 격앙되어 있었는데 다행히도 투표에서는 대화로 풀어가는 쪽으로 결론이 났다. 나로서는 참 다행이다 싶었지만 후배들은 이미 나를 타협적인 선배로 인식하는 것 같았다. 후배들의 서운해하는 눈빛을 느끼지만 시간이 지나면 나를 이해할 수 있지 않을까 생각해본다.

시위의 형태로 집단 사표 운운하지만 솔직히 예전과 달리 나는 겁이 나고 두렵다. 그러다 덜컥 사표가 수리되기라도 하면 그때는 어떻게 할 것인가? 이제 내가 할 수 있는 것의 한계를 명확히 아는데 무모한 용기를 낼 수도 없지 않은가?

두 가지의 다르고도 같은 이야기를 한 것 같다. 40대의 나에게 공존

일할 때
좋은 사람

하는, 약간은 낭만적인 인간관과 거기서 발현되는 정의감 그리고 현실
에 안주하려는 태도와 비겁함. 내 안에서 변화하는 두 가지의 마음이
서로 갈등하며 내가 나이 들어감을 증명하고 있다. 그리고 나의 그 두
마음이 일을 통해 만나는 사람들과의 관계에 기초가 되고 있다.

세상은 그렇게 이어져왔다 김성희

몇 년 전 한 시민단체에서 함께 활동한 선배 운동가는 세상의 어느 누구보다도 열심히 일하는 사람이었다. 그 무렵 우리는 회합과 일 때문에 새벽 한두 시에 귀가하는 일이 잦았다. 그런 중에도 매주 수요일이면 아침 일곱 시에 조찬회의가 열리곤 했다. 때문에 귀가를 포기하고 사무실 인근의 '24시간 사우나'에서 쪽잠을 자야 하는 경우도 많았다. 그 역시 새벽에 귀가하여 네댓 시간 후에 사무실로 돌아오곤 했는데 그 짧은 시간 동안에도 회의에서 논의할 자료를 책 한 권 분량으로 만들어와서 우리들을 아연실색하게 만들곤 했다.

그는 하루에 두세 시간 남짓밖에 자지 않는 것 같았다. 대신 택시를 타고 이동하거나 사무실 의자에 앉은 채 5분 정도 깜빡 조는 것으로 모자라는 잠을 벌충했다. 그가 밤새 만들었을 회의 자료를 테이블에 턱, 하니 내려놓을 때마다, 나는 정신을 놓고 잠을 잤을 간밤의 내 모습이 떠올라 자괴감에 빠지곤 했다.

　자정 넘어 귀가할 때면 몸과 마음이 지치기도 했지만 잠을 못 잔 채 또다시 전쟁 같은 하루가 시작되리라는 생각에 지레 기가 꺾이곤 했다. 문득문득 자신에 대한 연민의 감정마저 피어올랐다. 새벽에 열릴 회의에 대한 부담을 머리에 인 채 선잠을 자다가 새벽버스를 타고 출근을 할 때면 나는 입 밖에 내지도 못할 궁색한 변명을 머릿속에 떠올리며 지레 진땀을 흘리곤 했다. 나 역시 집에 체류하는 시간은 기껏해야 네댓 시간밖에 되지 않았다. 그새 내가 뭘 할 수 있단 말인가.

　회의가 시작되면 그는 나의 조바심에 대답이라도 하듯 예의 두툼한 자료를 꺼내놓곤 했다. 그는 우리를 심하게 몰아세우지는 않았지만 그의 행동에는 '이렇게 안타까운 현실이 우리 앞에 있는데, 너희는 어떻게 발을 뻗고 잘 수 있었느냐?' 하는 무언의 압력이 실려 있었다. 그의 초인적인 노력과 사심 없는 열정을 잘 아는 까닭에 언제나 그의 앞에 서면 마음이 무거웠다. 그는 도대체 어떻게 이럴 수 있을까. 그에게서는 어떻게 한순간도 맥없이 늘어져 쉬는 모습을 볼 수가 없을까.

　명절 연휴가 끝나면 사무실 분위기는 늘 싸늘하게 식었다. 명절 때면 나는 가족들과 함께 귀성 행렬에 끼어들어 경상도에 계신 어머니께 내려가 차례를 지내고 올라오기 바빴다. 함께 일하던 삼십 대 초중반 또래들의 사정은 대개 비슷했다. 아이들은 어렸고 양쪽 부모님께 인사를 다니거나 이런저런 인사 다닐 곳을 돌아다니다 보면 연휴에도 그다지 쉴 틈이 없었다.

　그러나 사십 대 중반, 지금의 내 나이쯤 되던 그 선배는 연휴나 휴일에도 멈출 줄 모르는 기계처럼 일을 했다. 부인이나 중·고등학교에 다니는 아이들과 보내는 시간도 거의 없는 것 같았다. 연휴가 끝나면 휴일의 길이에 비례해서 두툼해진 그의 업무 구상과 기획서들이 우리를 기다리고 있었다. 사실 그 단체를 떠나게 된 것도, 쉴 새 없이 제안되는 사업들을 따라가며 감당하는 일이 너무 숨 가빴기 때문이었다.

　지금 일하고 있는 단체에 와서 나는 예전의 그 선배와는 전혀 다른 종류의 사람들을 만났다. 삼십 대 초반, 나보다 열 살쯤 어린 후배들은 나를 순간순간 '한물간 세대'로 만들어버린다. 그들에게 익숙한 문화와 사고방식과 가치지향은 지칠 줄 모르는 열정으로 365일 '풀가동' 되던 선배와는 마치 다른 우주에 살고 있는 존재들처럼 달랐다. 그리고 나와 내 또래들과도 전혀 달랐다.

　삼 년쯤 같이 일해왔지만 이들과 퇴근길에 어울려 술자리를 함께한 기억은 거의 없다. 그렇다고 해서 사무실 분위기가 냉랭하거나 서먹한 것도 아니다. 친밀하고 친절하며 남에 대한 배려와 겸손, 일에 대한 열정이 부족한 것도 아니다. 그러나 어디까지나 그 모든 것은 근무 시간에 한정된 것이다. 서너 번 '회식'을 한 기억은 있지만 그것은 예산이 편성되어 있던 연례행사였고 한두 달 전에 예고된 경우였다. 대개 결혼한 지 한두 해가 지난 이들 또래에게는 시인 안도현이 〈퇴근길〉이라는

우리 사회가 너무 빨리 변했기 때문일 것이다.
어쩌면 후배들과 우리는 전혀 다른 나라에서 태어나 자라왔는지도 모른다.
단칸방에서 대여섯 식구가 함께 생활하거나
국가가 두발과 복장까지 관리하던 사회에서 자란 우리들과
80년대에 태어난 후배들이, 또 전쟁의 폐허 속에서 태어난 50대 선배들이
서로를 전혀 다른 종류의 인간처럼 느끼는 것은 당연한 일일 수 있다.

시에서 노래한 것처럼 "삼겹살에 소주 한 잔 없다면 아, 이것마저 없다면" 하는 식의 낭만은 지극히 예외적인 일탈이거나 어쩌면 '사고'에 가까운 일인 것 같았다.

결혼을 하거나 집을 옮겼다고 '집들이'를 하는 풍속도 이들에게는 난데없는 일인 것 같았다. 90년대 초 열 평 남짓, 돌아앉으면 무릎이 부딪칠 정도로 좁은 신혼집으로 십여 명의 선후배들을 끌고 들어가 새벽까지 술을 마시고 무슨 노숙자 합숙소처럼 널부러져 잠들곤 하던 일들이 이들에게는 결코 이해받을 수 없는 야만일 게 분명하다.

그런 와중에 사무실의 누군가가 셋집을 옮긴 뒤 집들이를 하겠다고 했다. 결론부터 말하면 그는 세상 물정 모르고 철없는 소리를 한 꼴이 됐다. 모두들 퇴근 후에는 곤란하다며 거절한 것이다. 적어도 두어 달 전에는 언질을 줘야 가족들과 상의해서 저녁 시간을 내보든가 할 수 있지, 달랑 일주일 전에 집들이를 하겠다고 말하면 어떻게 하느냐면서 은근히 힐난하는 목소리까지 있었다.

대개 퇴근 후에는 득달같이 집으로 달려가 온종일 어린아이를 돌보느라 힘들었을 '아내'를 도와야 했기 때문에 그랬다. 그들은 우리가 '집사람' 또는 '와이프' 심지어는 '마누라'라고까지 호칭하던 배우자를 대개 '아내'라고 부르는 점도 달랐다.

후배들이 우리와는 많이 다른 것 같다는 이야기를 점심 시간에 만난 고등학교 동창에게 해주었더니 그도 침을 튀기며 맞장구를 쳤다.

"우리 사무실 후배는 결혼식을 부산에서 하는 바람에 사무실 사람들이 참석하느라 애를 먹었는데, 신혼여행에서 돌아왔기에 집들이 안 하냐고 물으니까 아내가 결재를 안 해준다면서 머리를 긁적이더라, 내 이 변변찮은 놈 같으니라고⋯⋯."

한번은 행사 준비로 사무실이 정신없이 돌아가는 중에 한 남자 후배가 휴가를 내겠다고 했다. 법으로 보장된 당연한 권리를 사용하겠다는 것을 나무랄 수는 없지만 워낙 일손이 달려 힘겨웠던 터라 모두들 서운해했다. 게다가 그는 묻지도 않았는데 아이를 낳은 지 얼마 안 된 아내가 젖몸살을 심하게 앓아 자신이 간호를 하기 위해 휴가를 사용한다고 했다. 오히려 아이를 낳아 기른 여성들에게서 "누군 애 안 낳아봤냐?"는 야유가 쏟아졌다. 후배는 이런 반응을 도저히 이해할 수 없다는 표정으로 눈을 껌뻑거렸다.

또 다른 후배는 스테디셀러인 육아지침서를 밑줄을 그어가며 외울 듯이 읽고 와서 아이와 대화한 이야기를 들려주었다. 그는 책에 나온 대로 절대 화를 내지 않고 있으며, 네 살짜리 아이의 입장을 이해하고 배려하면서 대화를 한다고 했다. 그는 매일 아침 금강경을 독송하고 긴 연휴에는 부부가 번갈아가며 의식탐구 프로그램인 '아바타 코스'에 참석하는가 하면, 이와 비슷하게 자신을 더 잘 이해하려는 생각에서 '아티스트 웨이'나 '애니어그램' 같은 것에 많은 시간과 노력을 기울이고 있다. 또 다른 후배는 태극권을 수련하거나 역시 수련의 한 방편으로 보이차 마시기에 정성과 관심을 쏟고 있다. 일 년에 서너 번씩 단식을 하고 일상적으로 풍욕을 하면서 몸과 마음을 돌보는 후배도 있다.

이들에게는 어쩌면 당연하게도, 자기 자신보다 앞에 놓을 수 있는 가치란 없다. 그리고 그것을 맹랑하다 싶을 정도로 거리낌 없이 주장한다. 선배들이나 우리 세대와는 달리 이들은 사회나 공동체에 대한 어떤 작위적인 도덕적 강박도 거의 없어 보인다. 나는 이들의 자유로운 태도가 한없이 부럽기도 하다. 감히 이들을 향해 과거의 잣대를 들이대며 소시민적이라거나 이기적이라고 매도할 수도 없다. 그저 우리 세대와 다른 것이다. 타인을 바라보는 시각, 자신의 삶과 가족을 대하는 태도 그리고 부부 사이의 관계도 전혀 다르다는 것을 나는 조금씩 깨닫게 됐다.

우리 사회가 너무 빨리 변했기 때문일 것이다. 어쩌면 후배들과 우리는 전혀 다른 나라에서 태어나 자라왔는지도 모른다. 단칸방에서 대여섯 식구가 함께 생활하거나 국가가 두발과 복장까지 관리하던 사회에서 자란 우리들과 80년대에 태어난 후배들이, 또 전쟁의 폐허 속에서 태어난 50대 선배들이 서로를 전혀 다른 종류의 인간처럼 느끼는 것은 당연한 일일 수 있다. 선배들을 보면서 가책을 느끼고 후배들을 보면서 낯설어하는 일이 우리 세대만의 특징은 아닐 것이다. 세상은 늘 그렇게 이어져오지 않았을까. 누군가에게는 당연한 것들을 어느 누군가는 낯설어하면서 말이다.

박성용 이런 치들을 어디에서 또 만날꼬

형제자매보다 더 자주 보고 만나는 사람들이 있다. 내가 현재 활동하고 있는 산악회 사람들이다.

이 산악회는 주말마다 1박 2일 야영과 등반을 하고, 매달 홀수 주 평일에 모임을 갖는다. 몇 년 전까지만 해도 매주 모임이 있어서 일주일에 무려 세 번씩 얼굴을 볼 때도 있었다. 설악산의 3대 빙폭인 토왕성폭, 대승폭, 소승폭 등반 목표를 세우고 일주일에 두 번 운동을 하고 있는 올겨울처럼 때로는 모임을 빼고도 일주일에 나흘을 함께 지내는 경우도 생긴다. 그래서 '형제자매보다 더 자주 보는' 얼굴들이 되었고 '이제 얼굴 보는 것도 지겹다'는 농담도 나온다.

나잇살을 먹다 보면 새로운 인간관계를 맺기가 쉽지 않다. 진정성을 담은 관계는 더욱 그렇다. 직장이 되었건 단체가 되었건 최소한의 관계

모난 데나 모자라는 구석이 있어도 너그럽게 덮어주고 안아주는 분위기 때문에
산꾼들은 산악회 사람들을 만나면 어머니 품속처럼
편안한 육친의 정을 느끼게 되는지도 모른다.
이 정은 산을 내려와서도 그대로 이어진다.
기분이 좋아서 한잔, 꿀꿀해서 한잔하며 '속세'에서도 도타운 정을 확인한다.

로 꾸려가는 게 일반적이다. 그런데 산악회에서 만난 사람들은 좀 별나다. 연령대가 아래로는 20대에서 위로는 60대까지 포진해 있는 이 산악회 사람들은 그야말로 서로 혈육에 가까운 애정을 나누고 있다. 산에 다니는 사람들 특유의 정서 때문인지 나잇살 먹고 만난 사람들치고는 결속력이 뛰어나다.

혼자 혹은 마음 맞는 서넛이 어울려 산에 다니다가 더 늦기 전에 전문 등반을 배우고 싶어서 팔 년 전 나이 제한 35세 규정에 턱걸이로 간신히 들어간 곳이 이 산악회다. 내가 원해서 내 발로 찾아간 곳인 만큼 선배들한테 하나라도 더 배우겠다는 자세로 이른바 '쫄따구' 생활을 치러냈다. 입회하고 2년 동안은 나이 어린 선배들도 깍듯이 대하고 또 궂은일에도 빼지 않고 나섰다. 그러던 어느 날부터 선배들이 나를 대하는 태도가 조금씩 달라졌다. 다시 말해 나잇값을 인정해주기 시작한 것이다.

고참들은 신입회원이 들어오면 무턱대고 정을 주지 않는다. 오랫동안 활동할 사람인지, 얼마 못 버티고 뛰쳐나갈 사람인지 나름대로 판단할 시간이 필요하기 때문이다. 짧게는 1년에서 길게는 2년까지 걸리는 이 기간 동안 뺀질거리고 말 많고 산에도 잘 안 나오면 한마디로 '싹수 없는' 회원이라고 여긴다. 다행히 나는 선배들의 눈 밖에 나지는 않았던 모양이다. 나이 어린 선배들이 호칭부터 형님 대접을 해주고 또 고참들은 궂은일에서 슬슬 열외를 시켜줬다. 열외, 군대 말년에나 맛보았던 단체생활 일탈의 기쁨을 사회에서 그것도 마흔 가까운 나이에 다시 접하고는 묘한 쾌감에 사로잡혔다. 그러다 총무를 하고 지금은 부회장까지 맡게 됐다.

　산에 다니는 사람, 특히 암벽·빙벽 등반을 하는 전문산악인들이 모인 산악회는 서로 간의 정이 아교풀처럼 끈적끈적하다. 그 정은 때로는 산에서 위급한 경우 자신의 목숨과도 맞바꿀 만큼 각별하다. 그래서 산꾼들은 이를 '자일의 정'이라고 노래하는가 하면 '자일에 피가 흐른다'라고 표현하기도 한다. 낯이 설어 서먹서먹한 신입회원도 산에서 서로 자일을 묶고 등반 한 번만 하고 나면 금세 친해지기도 하는 마력을 갖고 있다.

　산악회 사람들은 다양한 직업만큼이나 개성도 다르다. 모이면 재치 있는 농담을 잘해 좌중을 휘어잡는 사람, 백만 불짜리 "까르르" 웃음소리가 돋보이는 사람, 독립군처럼 입이 무거운 사람, 일명 '구라쟁이'로 통하는 만담꾼, 솔선수범으로 단체생활의 질서와 원칙을 지키는 사람, 요리를 잘하는 사람 등 야영장에 모이면 밤새는 줄 모르고 이야기꽃을 피운다.

　이 같은 친화력이 발휘될 수 있는 가장 큰 요인은 '산'이다. 산을 좋아하는 사람들끼리 뭉쳤으니 당연히 최고의 화제는 '산'이다. 그래서 산에서만큼은 직업과 재산, 사회적 지위를 상관하지 않는다. 산에 들면 선배와 후배의 관계만 존재할 뿐 사회적 신분은 고려의 대상이 되지 않는 것이다.

이런 치들을
어디에서 또 만날꼬

친화력의 두 번째 요인은 관용이다. 야영을 하면 평소보다 술을 많이 마시게 된다. 산과 사람들이 주는 편안함 덕에 술자리가 길어지기 일쑤다. 특히 산속에서 은은한 등불 아래 옹기종기 모여앉아 담소를 나누며 마시는 술은 달다. 그래서인지 산꾼들은 특히 술에 대해 너그럽다. 인간말종 같은 주사를 부리지 않는 한 전날의 흐트러짐이나 객기는 크게 문제 삼지 않는다. 내가 속해 있는 록파티산악회의 술자리 구호는 한때 "산에는 록파티! 술에는 술파티!"였으니 그 분위기가 어떠했는지 대충 짐작이 갈 것이다. 나도 암벽 등반에 푹 빠져 지내던 시절에는 주말마다 토요일 저녁 무렵 산에 가서 일요일 밤늦게 두 눈이 광어눈처럼 옆에 착 달라붙어 집에 들어오곤 했다. 당연히 집사람의 따가운 눈총이 뒤통수에 무수히 꽂혔다. "도대체 산에 술 마시러 가는 거야, 등산하러 가는 거야? 산에 갔다 하면 가족들 생각 안 하고 밤늦게 취해서 오니 어느 여자가 좋아하겠어."

모난 데나 모자라는 구석이 있어도 너그럽게 덮어주고 안아주는 분위기 때문에 산꾼들은 산악회 사람들을 만나면 어머니 품속처럼 편안한 육친의 정을 느끼게 되는지도 모른다. 이 정은 산을 내려와서도 그대로 이어진다. 기분이 좋아서 한잔, 꿀꿀해서 한잔하며 '속세'에서도 도타운 정을 확인한다. 당연히 사람의 도리는 칼같이 챙긴다. 회원에게 경조사가 생기면 전 회원이 거의 빠지지 않고 참석해 기쁨과 슬픔을 함께 나눈다. 지난여름 두 달 간격으로 장인어른과 아버님께서 돌아가셨을 때도 먼 길 마다않고 달려와 자리를 지켜준 산악회 사람들을 보면서 '나이 먹고 어디 가서 이런 사람들을 다시 만날 수 있을까?' 하는 생각이 절로 들었다.

　산악회 사람들은 대체로 단순해서 좋다. 남의 눈치 보지 않고 좋으면 좋고 싫으면 싫다는 의사표현이 정확하다. 직설적인 표현 때문에 가끔 서로 감정이 상할 때도 있지만 산에 가면 언제 그랬냐는 듯이 낄낄거리면서 자일을 묶는다. 또 나이가 적건 많건 사소한 일로 토라지기도 한다. 가끔 그런 광경을 옆에서 지켜보면 철없는 어린아이 같아서 절로 웃음이 나올 때가 있다. 나이는 들었어도 마음 한구석에 아이와 같은 마음들을 갖고 있기 때문일 것이다.

　딸아이가 사춘기에 접어들고 또 내 나이가 쉰이 넘어 어느 날 갑자기 사회에서 더 이상 쓸모없는 존재로 규정됐을 때 내가 할 수 있는 일은 무엇일까? 집사람에게 나랑 놀아달라고 매달리면 돌아오는 건 구박뿐이지 않을까? 이럴 때 마음 편히 찾아갈 수 있는 곳이 산악회이리라. 거기 가면 산 냄새 바위 냄새 풀풀 풍기는 산야초 같은 후배들이 따라주는 술을 마시며 잠시나마 세상 시름을 잊을 수 있겠지. 물론 그렇다고 해서 조금이라도 젊었을 때 마누라한테 잘해서 '노후 준비'를 단단히 해놓아야 한다는 것까지 잊고 있지는 않지만 말이다.

이런 치들을
어디에서 또 만날꼬

어느 낭만주의자와 15년

유채림

시인인 그의 집은 부평 근린공원 뒤쪽에 있었다. 내가 사는 간석동과는 버스로 사십여 분 거리였다. 그의 집은 단독 셋집으로 비가 새는 것을 막느라 지붕에는 비닐장판이 덮여 있었다. 두세 평 남짓한 볼품없는 마당에는 말라죽은 국화가 몇 해째 뽑히지 않은 채로 있었다.

방 안은 더했다. 망해버린 동네 식당에서 주워 온 식탁을 책상으로 삼았으나, 앉아서 뭐라도 하려면 널려 있는 것부터 죄 쓸어내려야 할 만큼 어지러웠다. 그러니 전기장판에 이불 한 장 깔려 있는 방바닥은 말해 무엇 하랴. 소주병과 페트병이 널려 있고, 꽁초가 수북이 쌓인 재떨이가 서너 개였다. 가까운 시인들이 보낸 시집들이 이쪽저쪽에 흩어져 있고, 폐지 수집이라도 하는 양 한쪽 구석에는 신문지가 철모를 다섯 개 올려놓은 것처럼 위태롭게 쌓여 있었다.

박모가 내리면 그는 그런 데데한 집을 나섰다. 동네 뼈해장국집에서 소주를 들이켰고, 여기저기 전화를 해대기 시작했다. 운수 사납게도 꼭 막판에 걸려드는 게 나인 모양이었다. 왜 매번 나만 불러대느냐, 누구도 부르고 또 누구도 부르면 좀 좋으냐고 따지고 들면, 그는 그자들은 안 되는 놈들이라고 하면서 더는 누구에게도 전화할 생각을 하지 않았던 것이다. 내가 다시 한 번 왜 안 되는 놈들이냐고 따지고 들면, 그는 특유의 흥얼거림으로 스리슬쩍 넘어가고는 했다. 그런 그가,

"유채림, 내가 오늘 대단히 중요한 얘기를 할 게 있어. 우리 집 앞인데, 너 좀 빨리 와라!"

하고 말할 때는 그나마 덜 취한 상태였다.

"내가 외로워요. 보고 싶다, 씨벌눔아! 좀 나와라!"

그렇게 말할 때는 한영애의 '봄날은 간다' 를 흥얼거리다가, '여보세요' 를 남발해대면서 한없이 오그라드는 대취한 상태였다.

물론 나는 늘 뒤치다꺼리하는 사람이었다. 술과 연이 없는 나로서는 그가 어서 소주 한 병을 마저 비우기를 기다리는 쪽이었다. 그냥 기다리는 것이 아니라, 반드시 이걸로 끝이다, 절대 2차, 3차는 없다, 이자를 집에 끌어다 놓고 날래게 돌아가야 한다고 다짐에 다짐을 하는 것이었다. 리듬이 깨지기 전에 쓰던 소설 속으로 돌아가야 하기 때문이었다.

그 모든 일은 그의 전화를 받았기 때문에 일어나는 일이었다. 전화만 받지 않아도 일없을 것이었다. 하지만 왕년에 상(喪) 당한 친구의 전화를 그의 전화려니 싶어 안 받았다가 낭패를 본 뒤로는 전화라면 무조

건 받는 쪽이었다. 받았다가 얼른 끊는 방법이 있기는 했으나 우선은 치사한 데다, 집에 있는 걸 확인하면 택시라도 타고 달려오는 게 그였다.

실제로 택시를 타고 달려온 경우가 몇 번 있었다. 원래 땡전 한 닢 없이 술 마시고 택시 타고 누군가를 만나는 게 그였다. 그러니 택시기사에게 곤욕을 치를 것이 뻔한데, 모르면 모를까 그 꼴을 알면서도 모르쇠로 일관할 수야 없는 일이었다. 하여 겨우 택시비를 준비해서 나가지만 정작 걱정은 다음부터였다. 기어이 우리 동네까지 왔으니 내 집으로 데려가든, 24시간 해장국집으로 데려가든 둘 중 하나를 결정해야 했다. 참으로 난감해하던 처의 얼굴과 밤잠을 설치게 되면 아침에 일어나는 것조차 힘들어하던 두 아이의 얼굴을 떠올리지 않을 수 없다.

그러니 24시간 영업집을 찾아야 하지만 불행히도 택시비를 건네고 남은 돈이라고는 기천 원뿐 아닌가. 도대체 이를 어쩌나. 몹시 난감한 중에 편의점으로 가서 소주 한 병을 사들고, 그의 옆구리를 낀 채 갈 데 없이 흘러가듯 집으로 향한다. 그를 왜 만났던가, 후회에 후회를 거듭하며 살금살금 현관문을 연다. 안방을 향해 술에 전 목소리로 나의 처를 부르는 그의 입을 황급히 틀어막으며 나는 또다시 후회에 후회를 거듭한다.

기어이 아이들이 잠에서 깨어 내 방으로 몰려든다. 녀석들은, 아저씨 어쩌고저쩌고, 하면서 뼈만 앙상한 그의 옆구리에 달라붙거나 흠칫 놀라 잽싸게 뒤로 물러서곤 한다. 그때쯤이면 처 역시 기어이 일어나 술국을 끓여준다.

그 때문에 새벽부터 우리 네 식구는 완전히 망쳤다. 나는 또다시 후회에 후회를 거듭하지만, 그러나 다시는 그를 안 볼 거라는 생각 같은 건 원체 없다. 그것은 그만이 오직 그 길을 가기 때문이다.

그는 죽으려고 사는 자였다. 내 서재에서 자신의 첫 시집 《취업 공고판 앞에서》나, 김윤식, 조동일, 자신과는 세계관도 맞지 않을 김우창의 책 같은 것들을 꺼내갈 때, 그는 한 며칠 비가 좀 왔으면 좋겠다는 말을 남기곤 했다. 자신의 첫 시집이야 본능에 끌린 탓이겠으나, 다른 책들을 집어 간 것은 청탁 원고를 쓰기 위한 것임을 모르지 않았다. 그는 몇 끼의 양식을 위해 글을 쓰는 동안에도 혹여 생길지 모를 삶의 욕망을 어두운 빗발로 지우고자 했던 것이다. 그게 아니라면 희망이 없는 글쓰기에 어두운 빗발의 절망을 더더욱 담고자 했던 것인지도 모른다.

그는 다른 모든 책들은 어서 가져가라고 하면서도, 유독 자신의 첫 시집과 가라타니 고진(柄谷行人)의 《언어의 비극》만큼은 먹고 떨어졌다. 소설이나 소설가가 중요하던 시대는 아주 끝났다고 근대문학의 종언을 선언한 가라타니 고진에게서 그가 본 것은 무엇일까. 어차피 그의 눈에 희망이 들어왔을 리는 없다. 그는 고단한 삶의 출구로서 또 다른 글쓰기를 본 것이 아니라, 출구야말로 곧 죽음임을 보았을 것이다.

때문에 그는 멋대로 살았다. 나를 비롯해 그가 만나는 모든 이들이 삶의 욕망으로 몸부림치는 마당에, 죽음의 길로 가는 자의 외로움도 많이 탔을 것이다. 우툴두툴한 데다 주름까지 많은 얼굴로는 내세울 것도 없

"그러는 형은 뭐 별거 있어?"
"나한테 별거 없다는 걸 아는 놈은 너밖에 없다, 씨벌놈아."
나와 그는 내놓고 누군가를 꽉꽉 가지 치면서
뼈해장국집에서 웃고, 인하대 호숫가에서 웃고,
소래포구에서 웃고, 남동염전 자리에 있는 소금창고에서 웃었다.
물론 나는 교활하여 숨길 건 숨기고 웃었으되
그는 다 드러내고 웃었다.

을 테니 그는 또한 솔직하게 살았다. 지적 허영이 싫어서 욕도 참 많이 하고 다녔다.

"그자는 말이야, 서사(敍事)가 없어. 절대 안 되는 놈이야. 포장하고 위장하고 엄살까지 대단히 심한 인간이야."

"그러는 형은 뭐 별거 있어?"

"나한테 별거 없다는 걸 아는 놈은 너밖에 없다, 씨벌눔아."

나와 그는 내놓고 누군가를 팍팍 가지 치면서 뼈해장국집에서 웃고, 인하대 호숫가에서 웃고, 소래포구에서 웃고, 남동염전 자리에 있는 소금창고에서 웃었다. 물론 나는 교활하여 숨길 건 숨기고 웃었으되 그는 다 드러내고 웃었다.

돌아가고 싶었다
이 폐사지를 건너
뜨거운 해와 바람과 물소리마저 사라진 뒤
밝아올 어둠의 자리
- 박영근의 〈폐사지에서〉 중에서

시인 박영근은 2006년 5월, 49세의 나이로 '밝아올 어둠의 자리'로 갔다. 문단에 남은 마지막 낭만주의자의 죽음을 두고 다들 가슴 아파했으나, 나는 다음 달에 출간할 《금강산, 최후의 환쟁이》를 다듬느라 전혀 딴 세상에서 놀았다. 오죽하면 처가 박영근의 장례식에 가봐야 하지

어느 낭만주의자와
15년

않느냐고 물었을까. 나는 처에게 꿈 얘기를 하면서 박영근의 목소리까지 흉내 냈다.

"어젯밤 꿈에 영근이 형이 나타나서, 유채림, 너 서울로 가더니 전화 한 통 없냐? 너 씨벌눔아, 나 찾지 마라!, 그러더라고."

나는 박영근의 죽음이 결코 낯설지 않아서 그가 안성의 장지로 떠나는데도 내 일만 하고 있었다.

'별 수 있겠어? 지가 심심해서 못 견디겠으면 전화하겠지!'

5

마흔에 꾸는 꿈

남편이자 아버지로서의 삶을 살아가면서 나는 나의 삶이
어쩐지 나의 등 같다는 생각을 하곤 한다.
늘 생각은 있지만 손이 닿지 않는 나의 등……
나이 들어 지금보다는 더 이기적으로 살 수 있게 되면
미련 없이 서울을 떠나 제주도로 가고 싶다.
그 섬에 가서 영어가 좀 되는
택시기사가 되어 흰머리 휘휘 날리며……

오막살이 집 한 채 　최용탁

　　몇 달 전 서울에 살던 그리 멀지 않은 친척 내외분이 내가 살고 있는 충주로 이사를 왔다. 이사라기보다는 정년퇴직을 하고 여생을 보낼 목적으로 고향으로 내려온 것이었다. 조그만 운송회사에서 삼십 년 넘게 직장생활을 하다가 은퇴한 분인데, 적은 봉급에 자녀 셋을 모두 대학까지 보내고 둘은 출가까지 시키느라 꽤 고생하신 걸로 알고 있었다. 그래서 이제 부부끼리 단출하게 노후를 보내고자 낙향하였구나, 했는데 그게 아니었다.

　　충주에서 가장 최근에 지어진 고급 아파트를 사는가 하면(35평의 그 아파트 분양가는 1억 8천만 원 정도였다) 역시 최고급이라는 지프를 샀다. 게다가 한 달 임대료 수입이 300만 원은 나오는 5억대의 건물까지 사는 게 아닌가. 나는 그분들이 로또에 당첨된 줄 알았다. 그 집의 살림살이를 들어서 대충 아는 나로서는 다른 경우가 있을 것 같지 않았다. 그런데 그게 아니었다. 천 원짜리 로또 한 장 사는 것도 꽝이 나올까 봐 아까워서 사지 못한 그분들에게 돈벼락을 안겨준 것은, 무엇이라 불러야 좋을까, 일명 달팽이 전법이라고 할 만한 것이었다.

그분들은 서울생활 30년에 다섯 차례 이사를 다녔는데, 운 좋게도 마지막 거주지가 강남의 아파트였다는 것이다. 서울생활 초기에 집 없는 설움을 어지간히 당해서 집만은 어떡해서든 자기 집을 마련하여 전전한 끝에 빚을 안고 3억인가에 산 서른세 평짜리 아파트가 무려 11억이 되었다고 했다. 그러니까 특별히 부동산 투자를 하려고 한 게 아니고 살다 보니까 그렇게 되었다는 것이다. 달팽이가 제집을 이고 다니듯이 순전히 거주를 목적으로 몇 차례 이사를 다닌 것이 그분들의 표현에 따르면 노후의 결정적인 한 방이 된 것이다.

나는 서울에 살아보지도 않았고 서울의 아파트 시세 동향 따위에 관심을 두어본 적도 없어서 그분들의 신화 같은 이야기가 사실인지 아닌지 판단할 능력이 없다. 그분들이 억울해할지도 모르지만 나는 아직도 그분들이 로또에 당첨되었으면서도 주위에 그 사실을 감추는 것이라는 의심을 품고 있다. 왜냐하면, 내가 보기엔 지극히 평범하고 여전히 시골스럽기 짝이 없는 그분들에게 그런 횡재가 떨어진다면 그 야무지고 똑똑한 수많은 사람들은 일 년에도 몇 번씩, 아니면 사흘거리로 그런 횡재를 해도 모자랄 것 같기 때문이다. 모르는 사람들에게 모르는 사이에 그런 일이 벌어지는지도 모르겠지만, 여태껏 살면서 그런 경우를 이번에 처음 보았으니 설마 그렇지는 않을 것이다. 그래도 이래저래 참으

아이들을 위해 눈썰매를 만들고 연실을 잣는 아버지,
대추 찰떡을 한다며 행여 아이들이 깨물까 봐
일일이 대추씨를 바르는 어머니,
가만히 보고 있으니 더도 덜도 아닌 그 모습이
나와 내 아내의 이십오 년쯤 후의 모습이다.
그때에 우리가 어디에 살고 있을지는 모를 일이다.
지금 사는 집에서 여전히 과수원을 하며 살고 있을지,
인생의 어떤 구비가 다른 곳으로 이끌어갈지,
혹은 명계의 어디쯤을 흐르는 구름이 될지도.

로 알 수 없는 세상이다.

　나는 커다란 집이 있다. 그 평수대로 강남의 아파트에 얹으면 십억이 아니라 이십억이 갈 수도 있겠지만, 실평수 45평의 우리 집은 삼천만 원이다. 국가에서 친절하게 감정하여 가격까지 꼬박꼬박 알려주니 고마운 일이다. 세금도 만 원짜리 한 장 가지고 가면 거스름돈을 내준다. 백성의 궁금함을 풀어주고 세금은 적으니, 가히 태평성대라 할 만하다.

　십여 년 전 집을 지을 때 워낙 식구가 많다 보니 크게 지었는데, 그사이 할머니께서 돌아가시고, 동생이 결혼하여 분가하고, 올봄엔 애들마저 학교 때문에 시내로 나가버렸으니, 휑하니 집 안에 바람이 이는 것 같다. 게다가 애들 때문에 아내도 시내에서 주로 지내고 나도 가끔 애들을 보러 나가니, 그 큰 집에 늙으신 부모님 둘뿐인 날도 많다. 전기를 아끼시느라 방 하나에만 불을 켜고 있어서 밤에는 그야말로 산속의 단칸 불빛이다. 더구나 나는 틈만 나면 밖으로 나와 토굴 같은 나의 방으로 기어드니, 가뜩이나 외로우신 부모님께 불효를 더한다.

　우리 집 뒤에는 집이 또 한 채 있다. 그러고 보니 무슨 집 부자 같지만, 그 집은 국가공인 '가격가치 없음'이다. 원래 밭을 살 때 딸려 있던 집인데, 방 두 칸짜리 허름한 기와집이다. 부수자고 하는 걸 내가 우겨서 그대로 두고 창고 겸 쓰는데, 그 중 두 평 반 남짓한 방 하나에 구들을 들이고 나무 때는 방으로 만들었다. 지난 십여 년간 그 방은 오롯이 나의 성(城)이었다. 책을 읽고, 우리 아이들 셋만을 독자로 한 동화를 쓰고, 낮잠을 자고, 술을 마시고, 벗을 맞고…… 그곳에서 주름살이 깊어지고 머리털이 희어진 세월이 흘렀다. 다 늦게 소설을 써볼 결심을 한 것도 그 방이었고, 소설 쓰는 즐거움과 괴로움을 속속들이 보아준 것도 그 방의 말 없는 바람벽이었다.

아내도 나도 큰 집을 싫어한다. 아내는 그동안 큰 집을 쓸고 닦느라 어지간히 고생했기 때문이고, 나는 그런 아내의 오랜 지청구를 듣다 보니 그렇게 된 것 같다. 아내의 지론에 따르면, 집이 커서 좋은 날은 기껏해야 일 년에 서너 번이고 나쁜 날은 좋은 날 빼고 다라는 것이다. 그러면서 나중에 늙으면 아예 한 열 평짜리 오두막이나 통나무로 짓고 오붓하게 살잔다. 그러다가 애들이라도 우르르 몰려오면 어떻게 하느냐고 했더니 나오는 대답이 하, 기가 막히다.

"찜질방 가지, 뭐."

나는 대번에 끙, 하고 돌아앉는다. 이 무슨 괴이한 말인가. 아이들이 모두 출가한다면 서로 그 얼마나 어려운 사이로 얽히고설킬 텐데, 내남없이 헐렁한 속곳 같은 것을 걸치고 둘러앉자는 게 대체 무슨 소린가? 대문에서 부르고 중문에서 기침했다가 장지문 고리를 두드리며 들어오던 시절이 엊그제 같은데, 며느리는 안채에 머물고 사위는 별채에 들며 조석(朝夕)으로 각상(各床)을 받던 날이 그리도 아득한 옛날이 되었던가. 혼자 하는 생각을 입 밖에 냈다가는 당장 극렬보수의 혐의를 쓰겠으니, 별 수 없이 나의 성으로 퇴각하고 만다.

그래도 욕심 없는 사람을 반려로 맞은 것을 나는 다행으로 여긴다. 나의 터수에 고대광실은 고사하고 그렇게 편하다는 아파트 한 채 가질 리도 없을 테니, 나의 반려가 그런 것에 마음을 달구는 사람이라면 나는 배겨나지 못할 것이다.

밤콩을 털고 거름까지 다 냈으니, 올 농사는 그만이다. 벼농사가 잘되어 쌀은 피붙이들과 나누어 먹을 만하고 김장도 여러 독 묻어 겨우내 맛이 들며 봄까지 갈 것이다. 산밤도 두어 말, 고구마도 한 가마는 되니, 구진한 겨울밤 간식거리도 넉넉하다. 방학이 되면 아이들도 집으로 돌아와 넓은 집에 다시 온기가 훈훈할 것이고 부모님 얼굴에도 웃음꽃이 피어나리라. 아이들을 위해 눈썰매를 만들고 연실을 잣는 아버지, 대추 찰떡을 한다며 행여 아이들이 깨물까 봐 일일이 대추씨를 바르는 어머니, 가만히 보고 있으니 더도 덜도 아닌 그 모습이 나와 내 아내의 이십오 년쯤 후의 모습이다.

그때에 우리가 어디에 살고 있을지는 모를 일이다. 지금 사는 집에서 여전히 과수원을 하며 살고 있을지, 인생의 어떤 구비가 다른 곳으로 이끌어갈지, 혹은 명계의 어디쯤을 흐르는 구름이 될지도.

세상에 와서 몸을 눕히고, 사랑을 하고, 웃고 우는 모든 것은 조그만 오막살이 집 한 채면 충분하다. 아니, 그 사람 하나하나가 어쩌면 흐린 등불로 외로이 선 오막살이 집 한 채인지도 모르겠다.

온 세상이 사락사락 흰옷을 갈아입는 아, 첫눈 오는 밤이다.

존엄성을 향해 결단할 때
나는 살아 있다 김성희

    작년 겨울, 친구 M이 점심 시간에 사무실로 찾아왔다. 그저 지나다가 생각이 나서 들렀을 뿐이라고 했지만 그의 표정은 어두워 보였다. "너는 미래에 희망이 있다고 생각하니?" 점심을 먹으러 간 추어탕집에서 그는 대뜸 이런 질문을 던졌다. 그의 속내를 짐작할 수 없어서 나는 그저 피식 웃고 말았다.

    그날 우리는 근처 카페에서 두어 시간 남짓 심각한 대화를 나누었다. 87년 유월항쟁의 주역이라 할 수 있는 '전대협 1기'의 핵심그룹에 속했던 M은 직원이 40명쯤 되는 중소기업의 이사로 일하며 한 달에 370만 원쯤을 월급으로 받고 있었다. 유혹은 있었겠지만 과거의 이력을 팔아 권력의 부스러기라도 나눠 먹겠다고 기웃거린 적이 없는 그는 얼마 전 25평짜리 상계동 아파트를 대출을 끼고 장만했다. 중학교에 다니는 딸아이와 초등학교 5학년인 아들의 학원비로 한 달에 80만 원쯤 지출하고 있다는 이야기에 내가 조금 놀라는 표정을 짓자, 자신은 굳이 영어 학원에 보낼 필요가 없다고 생각하지만 아내가 불안해하기 때문에 어쩔 수 없다고 했다. 은행 이자와 아이들 학원비, 기본적인 생활비를 제하고 나면 아무리 발버둥쳐도 매달 붓는 국민연금 말고는 저축은 한 푼도 못한다는 이야기도 털어놓았다.

"사는 게 재미가 없네……. 며칠 곰곰이 생각을 해봤는데, 이대로 가다가는 미래가 너무도 뻔해서 뭔가 비상한 조치를 취해야 할 것 같아." 한숨이 묻어나는 친구의 이야기를 들으면서 생각해보니, 나 역시 미래에 대한 증뿔난 대책이 있는 것은 아니었다. 시민단체에서 줄곧 일해온 나는 그 친구보다도 훨씬 수입이 적다. 친구와 다른 점은 아이들을 학원에 보내지 않고 있다는 점, 그리고 불요불급한 경우를 빼고는 외식 등 어지간한 지출을 거의 하지 않는다는 점 정도일 것이다.

친구가 생각한 특단의 조치는, 마지막이라는 절박한 심정으로 미국에 가서 공부를 하겠다는 것이었다. 플로리다에 살고 있는 또 다른 친구 K의 도움을 받아 비교적 싼 학비로 영어 공부를 할 수 있는 '어덜트 스쿨'에 등록하고, 낮에는 아르바이트를 하면서 자신의 생활비를 충당할 생각이라고 했다. 그는 어릴 때부터 영민한 친구였다. 그가 몸담고 있는 직장은 그다지 큰 회사는 아니지만 그는 그곳에서 기획과 운영을 총괄하다시피 하고 있었다. 매사를 치밀하게 분석하고 따져보는 그의 성품을 알기에 나는 그의 말이 그다지 허황되게 들리지 않았는데, 그는 자신과 별로 처지가 달라 보이지 않는 나에게 함께 미국으로 가자고 권하러 찾아왔던 것이다. 그날 밤 나는 집에 돌아와 일기장에다 그의 제안을 받아들일 수 없었던 자신에 대해 "늙어서 보수화된 것인지, 나이 들어 신중해진 것인지 모르겠다"라고 푸념을 늘어놓았다.

그날 친구는, 지금까지는 스무 살 때 마련한 자산으로 그럭저럭 먹고 살았는데, 앞으로 여든 살이 될 때까지 40년 가까이 더 살아가려면 이제라도 새로운 동력을 준비해야 하지 않겠느냐고 말했다. 그가 말한 '스무 살 때의 자산'이란 학벌이나 학연 같은 것을 가리키는 것은 아니었다. 어떤 인식체계나 문화적 소양 같은 것들을 지칭하는 것이었다. 이웃에 대한 따뜻한 시선, 업무나 조직환경을 구조적으로 분석하는 '우리들'의 습성은 학생운동을 하면서 훈련된 것인데, 자신이 거창한 사회운동을 계속해오지는 않았지만 직장에서 남들과 차별화되는 역할을 수행할 수 있었던 것도 이런 태도와 자질 덕분이었다고 자평했다.

몇 가지 우여곡절이 있기는 했지만 지금 그 친구는 자신이 뜻한 대로 미국에 가 있다. 가끔 메신저를 통해 전해오는 소식을 보면 지금 그가 남은 평생을 좌우할 중요한 도전을 하고 있는 것은 분명한 것 같다.

그가 그토록 절박하게 생각했던 미래에 대해 나는 어떻게 대응하고 있는가. 아이들은 잘 건사하고 있는 것일까? 그날 이후로 나 역시 갑자기 고민이 깊어졌다. 몇 달이 흘렀지만 당장 하고 있는 일을 열심히 하는 것 이상의 어떤 줏대난 대책을 세운 것도 아니다.

존엄성을 향해 결단할 때
나는 살아 있다

우리가 마주치는 삶의 기로에서 스스로의 존엄성을 지키는 방향으로 결단할 때, 비로소 우리는 살아 있을 것이다. 언제, 어떻게 죽음을 맞이하더라도 나에게는 그렇게 살아 있는 순간이 소중하다.

그 몇 달 새 아파트값은 어이 없을 정도로 폭등했다. 한미자유무역협정 관련 뉴스를 보자면 앞으로 우리는 지금까지와는 비교도 할 수 없을 정도로 양극화된 세상을 살게 될 가능성이 크다고 한다. 이대로 고스란히 자본가들의 하위 파트너로 살다 은퇴하고, 국가가 던져주는 최소한의 사회보장장치에 기대어 여생을 연명해야 하나? 생각하면 가슴이 갑갑해진다.

아내와 나는 아이들을 자정까지 학원으로 돌리면서 극단적인 경쟁으로 몰아넣는 대열에는 끼지 않으려고 한다. 그런 태도가 어쩐지 부모들의 콤플렉스에서 비롯된 것 같기 때문이다. 우리는 신혼 때 약속했던 대로 '우리식'의 육아지침을 고수하고 있다. 아직까지는 그렇다. 세세하게 명문화하지는 않았지만 우리는 아이들이 '건강한 상식을 가진', 그리고 '억눌림 없이 자유롭게 내면의 욕망을 추구하는' 어른으로 자라기를 바란다. 그것이 교육방침이라면 방침이다. 때문에, 초·중등학교 때 아이들이 힘쓸 일은 자연에서 뛰놀고, 친구들과 사이좋게 지내고, 책을 읽는 습관을 통해 사리분별 하는 힘을 키우면서 정신이 곧은 어른으로 성장할 토대를 닦는 것이지, 학원을 순례하면서 암기식 지식을 우겨넣는 것은 아니라고 생각한다.

그런데, 앞으로도 '우리식'의 기준을 유지할 수 있을지 종종 불안해질 때가 있다. 분당이나 일산에 사는 친구들이 놀러 와서 초등학교 6학년인 자기 아이가 중학교 때 배울 수학을 다 뗐다고 하거나, 영어로 된 소설을 줄줄 읽고 있다는 말을 하면 '우리식'의 기준은 잠시 비틀거린다. 그러나 불안감과 싸우면서도 우리는 스스로를 성찰할 것이다. 세상이 점점 험악해지고 있기는 하지만 말이다.

이웃에 살던 임 노인이 암으로 지난가을에 돌아가셨다. 여름에 참깨를 거둘 때까지만 해도 밭에 나와서 일을 하셨는데 추석에 어머니 댁에 다녀오니까 그새 돌아가셨다고 해서 깜짝 놀랐다.

"잠실에 있는 우리나라에서 제일 크다는 병원에 갔더니 수술하고 항암치료 하면 완치될 확률이 절반이라고 하더구먼. 게다가 성대를 잘라내야 하기 때문에 말은 아예 못한다는 거야. 수술비에 치료비가 몇천만 원은 들 텐데 결과도 확실치 않은 일에 내가 돈 쓰고 그 고생을 해야 쓰겠어? 계산 끝난 거지." 생전에 임 노인은 밭둑 뽕나무 아래서 이렇게 말하며 88담배에 불을 붙였었다. 그는 자신의 결정에 따라 오륙 개월 더 살다가 죽음을 맞이했다. 죽기 며칠 전까지 밭에 나가 괭이질을 하면서.

우리 부부가 '선생님'으로 사숙하고 있는 또 다른 한 분은 여든이 넘은 나이에 부부 모두 장기기증 서약을 한 것은 물론이고 의과대학의 해부용 시신기증을 위한 꽤 번거로운 절차를 밟았다고 해 우리를 숙연하게 만들었다.

자신의 삶을 스스로 결정하겠다며 되풀이되는 일상에 브레이크를 건

친구의 도전이 어떤 결론에 도달할지 나는 대단히 흥미롭게 지켜보며 응원하고 있다. 설령 세속적인 성공을 거두지 못할지라도 삶에 대한 그의 태도는 진지한 것이었다. 자신의 죽음을 스스로 결정하려 한 두 노인의 태도 역시 마찬가지다.

우리는 불확실한 미래를 향해 흘러가고 있다. 우리의 열망과는 달리 우리가 선택할 수 있는 일들은 그리 많지 않을지도 모른다. 아이들의 장래에 대해 개입할 수 있는 부분도 마찬가지일 것이다. 그러나 우리가 마주치는 삶의 기로에서 스스로의 존엄성을 지키는 방향으로 결단할 때, 비로소 우리는 살아 있을 것이다. 언제, 어떻게 죽음을 맞이하더라도 나에게는 그렇게 살아 있는 순간이 소중하다.

존엄성을 향해 결단할 때
나는 살아 있다

유창주 나는 오늘도 새로운 길을 꿈꾼다

함박눈이 내렸다. 연말연시라고 하지만 묵은해를 보내고 새해를 꿈 꿀 시간도 없이 자료에 파묻혀 보냈다. 마흔 넘어 벌써 여러 차례 맞는 새해인지라 별 감흥이 없다. 맡은 일을 빨리 끝내야겠다는 부담감 때문 인지 집중도 잘되지 않는다. 아들 녀석의 "눈 온다"는 외침이 침묵의 시 간을 흔들어놓았다. 책더미 위에 먼지 쌓인 채 놓여 있는 카메라를 무 심결에 들었다. 눈을 맞으며 셔터를 눌러댔다. 하얗게 변해버린 세상을 물끄러미 바라보았다. 몸도 카메라도 젖어가고 있다는 것을 까마득하 게 잊어버린 채.

시간에 쫓겨 일을 하면서 매번 일탈을 꿈꾸지만 쉽지 않다. 그만두어 야지, 그만두어야지를 입에 달고 살지만 작심삼일이다. 여러 직업을 전 전했지만 성격 탓인지 한 직업에 안착되지 않았다. 한 우물도 힘든데, 구덩이만 여럿 파헤치고 있었다. 물이 보일 듯하면 싫증이 나기 시작했다. 일과 사람 때문에 스트레스가 머리끝까지 차오르면 새로운 세계를 향한 결심은 어느 순간 구체화되기도 했다.

　그 한가운데에 어린 시절부터 가슴 한구석에 품어왔던 사진기가 있었다. 비록 먼발치에서 지켜볼 뿐이었지만 사진기는 언제나 내 선망의 대상이었다. 길을 걷다가 카메라가게를 만나면 발걸음을 멈추고 진열대에 전시된 사진기에서 한동안 눈을 떼지 못했다. 평론을 쓴다고 미술 관련 일을 잠시 하면서도 미술작가들보다는 사진기자들과 어울리기를 더 좋아했고 사진 속에 담긴 작가와 작품보다는 사진기에 더 눈길이 갔으니, 아! 나는 사이비 평론가였다.

　'언젠가는 사진기를 구입해서 원 없이 사진을 찍어보아야지' 라는 나의 해묵은 염원이 비로소 빛을 보게 된 것은 마흔 문턱을 넘어서고 나서였다. 그 꿈은 전 직장인 아름다운재단에서 이루어졌다. 그곳에서 일할 때, 부산의 반송동에 거주하고 계시는 독거노인들에게 사진을 찍어주는 프로그램을 알게 되었는데 그것이 부지불식간에 나를 흔들어놓았다. 지친 세월의 흔적이 고스란히 담긴 노인의 얼굴, 그 주름진 얼굴이 한동안 잊고 지냈던 꿈과 다시 마주하게 했다.

　아름다운재단에서 발행하는 월간지 〈콩반쪽〉을 창간하면서 나는 마지막 직업으로 삼아도 좋겠다고 점찍어둔 '꿈꾸는 사진가' 를 첫 실험무대에 올려놓기로 했다. 나의 결심에는 디지털사진기도 힘을 보태주

나는 오늘도
새로운 길을 꿈꾼다

'언젠가는 사진기를 구입해서 원 없이 사진을 찍어보아야지'라는 나의 해묵은 염원이
비로소 빛을 보게 된 것은 마흔 문턱을 넘어서고 나서였다.
독거노인들에게 사진을 찍어주는 프로그램을 알게 되었는데
그것이 부지불식간에 나를 흔들어놓았다.
지친 세월의 흔적이 고스란히 담긴 노인의 얼굴,
그 주름진 얼굴이 한동안 잊고 지냈던 꿈과 다시 마주하게 했다.

었다. 디지털사진기의 보급으로 사진기는 사치품의 꼬리표를 떼고 있었다. 이제 마음만 먹으면 남녀노소 누구나 쉽게 사진을 찍을 수 있는 시대가 열렸다.

인터넷 검색을 하다가 마음을 굳게 먹고 사진기를 구입하기로 결정했다. 인터넷 쇼핑몰에서 더 싸게 구입할 수 있었지만 마음이 급한 나는 용산으로 달려갔다. 사고 싶었던 사진기를 흥정 없이, 망설임 없이 구입했다. 사진기를 손에 넣으니 마치 어린 시절로 되돌아간 것처럼 기뻤다. 포장을 뜯고 사용설명서를 읽으면서 벌써 사진가가 된 양 어깨가 들썩여졌다.

하지만 사진기는 서랍 속에서 쉬 나오지 못했다. 일주일이 지나고 또 한 달이 지나고, 서랍 속에 애지중지 모셔두었던 사진기가 세상과 만나기까지 몇 개월이라는 시간이 걸렸다. 다행히도 월간 〈콩반쪽〉 취재 덕에 책상 속 사진기는 드디어 바깥나들이를 하게 되었다. 그런데 그 주인이 인터넷 사진동우회를 기웃거리며 사진에 담긴 사진가의 시각과 작품의 의미를 이해하기보다는 사진기가 갖고 있는 기능적인 측면에 매달리면서 문제가 생기기 시작했다. 첫 번째 사진기는 직장 동료에게 팔려나갔고, 몇 차례 사진기 기종 변경이 뒤따랐다. 선무당이 사람 잡는다고, 나의 본말이 전도된 행각은 급기야 필름사진기가 주는 묵직함과 셔터소리에 매혹되어 필름사진기를 구입하는 데까지 이르렀다.

사진기 기종 변경에 중독되어 렌즈를 사고 팔고 또 다른 것을 사기를 반복하던 그 시간, 나에게 사진은 없고 카메라만 있었다. 그러던 중 직장을 그만두면서 짧은 시간이었지만 비로소 나 홀로 하는 사진 수업이 시작되었다. 그 결심의 중심에는 현존하는 다큐멘터리 사진의 거장 세바스티앙 살가도(Sebastião Salgado)가 있었다. 경제학을 전공한 살가도는 7년 동안 중남미 지역의 민중들을 사진에 담았다. 깊은 산속 마을들을 며칠씩 걸어서 찾아다니며 작업한 끝에 그는 가난하고 고립된 환경 속에서도 금욕적이고, 위엄 있고, 힘이 넘치는 인디언 농부를 담아냈다. 서울프레스센터에 전시된 살가도의 작품은 책상머리에 앉아 빈곤과 나눔을 얘기했던 나의 지난 시간들을 부끄럽게 만들었다.

내가 스스로 부여한 사진 찍기의 견습생활은 걷기에서부터 시작되었다. 서울에서 보낸 시간들이 얼마나 우물 안 개구리 같은 것이었는지 그 시간들을 통해 아프게 확인했다.

서울의 골목길과 빛과 그림자를 따라 무작정 걷기가 3개월간 계속되었다. 처음에는 사물에 사진기를 내밀기가 망설여졌지만 점차 익숙해졌다. 어떤 날은 서울역에 쪼그려 앉아 세 끼를 컵라면으로 해결하면서 하루 종일 사람들을 지켜보기도 했다. 아무 생각 없이 피사체에 몰입해서 사진을 찍다가 사진기를 뺏기거나 땅에 내팽개쳐지는 곤욕을 치른 적도 적지 않다.

사진기는 여러 차례 수리와 교체를 반복했지만 열정을 다해 어느 한 가지에 천착했다는 사실만으로 나는 행복했다. 사소한 일상과 지나치는 사람들을 사진기에 담으며 내 삶의 무게도 함께 실었다. 그때 나는 나의 마지막 직업으로 사진가를 꿈꾸었다. 사진기를 둘러메고 사진기에 집착하며 전문가 행세나 하는 '사진가' 가 아닌 사람 냄새 나는, 일상에 다가서는, 세상과 깊이 마주하는 '사진인' 을 꿈꾸었다.

　허나, 새로운 일터로 옮겨 앉은 지 1년이 되어가는 지금, 고백컨대 한때 품었던 '사진인' 의 꿈은 차츰 엷어지고 있다. 다만 마흔이라는 나이에 무언가를 새로이 시작할 수 있었다는 사실은 오늘 나를 잠 못 들게 한다.

　40대 중반의 가파른 언덕의 정점에서 나는 다시 꿈꾸고 싶다. 함박눈이 멈추면 대지를 덮고 있는 눈 위에 다시 첫발을 내딛고 싶다. '꿈꾸는 사진관' 은 없지만 언젠가는 스스로에게 떳떳해지는 그날을 앞당기고 싶다. 그날 나는 관망자로 머물렀던 직업인의 딱지를 떼고, 내 마음 깊숙한 곳에서 요구하는 풍경을 찾아 떠나고 또 담아낼 것이다.

나는 오늘도
새로운 길을 꿈꾼다

박성용 미혹에 흔들리는 마흔의 미래

　요절한 시인 기형도는 〈오래된 서적〉이라는 시에서 "미래가 나의 과
거"라고 표현했다. 20대 중반에 그 시를 처음 읽고서 받았던 충격은 한
동안 가라앉지 않았다. 서른도 안 된 나이에 저런 시를 쓸 수밖에 없었
던 시인의 도저한 절망이나 허무가 두려웠기 때문이다.

　나이 마흔이면 인생의 절반 이상을 산 셈이다. 공자는 이 나이를 '불
혹'이라 말했다. 하지만 지금은 여러 '미혹'에 시달리는 나이가 마흔이
지 않을까 생각한다. 직장, 집, 자녀교육, 부부관계, 돈 등 어느 하나 불
혹의 경지에 접어든 영역이 없기 때문이다. 나 같은 장삼이사도 이런
미혹에 빠져 하루하루 끌탕을 치며 사는데 일찍이 입신양명한 권력가
나 재력가들은 오죽하겠는가.

　솔직히 고백하건대, 나는 미래에 대해 구체적으로 생각해보거나 또

는 목표를 세워 단계별 실행 계획을 시도해본 적이 없다. 천성이 이런 방면에 재바르지 못한 데다가 멀리 내다보는 안목까지 부족한 탓인지 요즘 신문방송에 노후설계에 관한 말이 나오면 눈만 끔벅거리게 될 뿐 마치 남의 이야기처럼 실감이 나지 않는다.

설사 실감이 났다손 치더라도 지금 상황에서 내가 가진 재주와 능력으로 할 수 있는 것은 그다지 많아 보이지 않는다. 당장은 멀리 떨어져 있는 듯한 미래라는 놈이 언젠가는 불쑥 쳐들어와 안방에 떡 버티고 앉아 있을 것은 자명한 일인지라 뭐라도 준비는 해야겠는데, 어디서부터 손을 써야 할지 난감할 뿐이다.

명색이 가장인데 가족들을 앉혀놓고 '되는 대로 살자', '내식대로 살자' 라는 구호만 달랑 내걸 수는 없다. 아니면 '눈먼 새도 하늘을 날다 보면 입에 먹이가 걸리는 법' 이라고 설파한 어느 방외거사의 생활철학을 따라 할 수도 없는 노릇이다. 그렇다고 생활비 대기도 빠듯한 빤한 월급 갖고 남들처럼 재테크니, 투자니 하는 일도 쉽지는 않다.

이런저런 생각을 하다 보면 '마흔이 될 때까지 뭐 하나 제대로 이루어놓은 게 없다' 는 자괴심에 저절로 한숨이 나올 때가 많다. 그렇다고 앞으로 남은 인생이 전도유망하다는 보장도 없으니 지금처럼 하루하루 한 달 한 달 발버둥치다가 그렇게 늙어가고 때 되면 병을 얻고 또 그러다 향불 냄새 맡으면서 마감하는 게 인생이라면 너무 허무하다는 생각밖에 들지 않는다.

얼마 전 '불알친구' 들을 만났다. 다들 사는 형편이 나보다 좋은 친구들이지만 미래에 대해선 막연한 생각만 하고 있지, 아직 이렇다 할 계획은 딱히 없는 것 같다. 그러고 보면 나이 마흔에 생각하는 미래는 현실적인 문제도 중요하지만 인생 후반을 어떤 가치관에 바탕하여 꾸려갈 것인가에 대해 나름의 기준을 마련하는 것이 더 중요하지 않을까 짐작해본다. 그것이 인생 후반의 경제적 수요의 성격과 규모를 규정해줄 것이기 때문이다. 그러니까 아직도 갖가지 미혹에 시달리는 나에게는 어떤 생각과 자세로 세상과 사람들을 바라보고 또 관계를 맺어나갈 것인가 하는 고민이 더 급할 것 같다.

생각 같아서는 지방 소도시의 마당 깊은 집으로 이사해서 글 쓰고 음악 들으면서 '조금 벌고 조금 먹자' 는 슬로건을 내걸고 살고 싶지만 가족들은 둘째 치고 이미 대도시생활에 인이 박힌 나부터가 과연 얼마나 견딜까 생각하면 이내 자신감이 사라지곤 한다. 그래서 미래를 꿈꾸려면 생활의 변화보다는 생각의 변화가 우선되어야 하는 것이 아닐까. 물론 나처럼 우유부단한 사람에게는 달라진 생각을 행동으로 옮기는 것에 더 많은 용기가 필요하다는 또 하나의 과제가 놓여 있겠지만 말이다.

학창 시절에 놀기 좋아해 이른바 '날라리' 에 가까웠던 친구 하나는 일찍 철이 들어 개인사업을 시작해서 지금은 기반을 잡았다. 그 친구가 어느 날 "자식은 클수록 밖으로 내치고 아내는 늙을수록 안으로 감싸안는다" 는 자신의 인생철학을 들려주었다.

"임마, 자식을 어떻게 내칠 수 있냐?"

"고등학교를 졸업시키고 나면 나머지는 지들이 알아서 하라고 할 거다. 공부한다는 놈은 공부시키고, 놀겠다는 놈은 원 없이 놀게 해주고. 단, 지들이 원하는 거였으니까 나중에 부모 원망은 하지 말라는 조건으로."

"너 정말 늙어서도 마누라를 안으로 감싸 안을 수 있어?"

"늙으면 의지할 데라곤 마누라밖에 없어. 나중에 설움과 구박 안 받으려면 나이 먹을수록 마누라한테 잘해야 한다고 생각한다. 자식들? 크면 애물단지밖에 더 되냐!"

친구의 말을 들으면서 나는 고개를 주억거렸다. '부모님을 마지막으로 봉양하는 세대이자 자식한테 버림받는 첫 세대'라는 우리 세대의 고민 위에서 앞날을 나름대로 설계해가는 친구의 모습에 적잖은 공감을 느꼈기 때문이다.

지난해 아내가 허브와 아로마 테라피 관련 사업을 조그맣게 시작했다. 처녀 때부터 관심을 기울였던 분야라 재미와 즐거움을 느끼면서 일하고 있다. 아내는 서울 근교에 근사한 허브농장을 차려 여러 사업을 펼치고 싶어 하지만 여력이 안 돼 언젠가는 실현할 장밋빛 미래로 가슴속에 새겨두고 있다. 이럴 때 좋아하는 사업 한번 해보라고 꼭꼭 숨겨둔 종자돈을 내밀며 도와주지 못하는 나 자신이 초라하게 느껴져 우울할 때가 종종 있다. 하지만 아내는 마음으로라도 도와주면 된다고 오히려 나를 위로하곤 한다.

　뜻대로 되는 것도 없고 그렇다고 소소한 일상에서 크게 불편함을 느낄 만큼 안 되는 것도 없는 나이, 옛 선인은 '불혹'이라고 했지만 끊임없는 여러 '미혹'에 흔들리고 시달리는 나이, 그러다가 기회가 오면 그리스 신화 속의 에릭직톤처럼 탐욕과 소유욕을 드러내는 나이, 50대와 30대 사이에 끼어 큰어른도 아니고 청년도 아닌 나이. 이날 이때까지 변변치 않은 걸 보면 나의 미래는 기형도 시인의 말처럼 '과거가 나의 미래'가 되는 것은 아닐까.

삶의 짐은 언제나 무겁기만 할까 한재희

나는 온천으로 유명한 온양에서 자랐다. 그때만 하더라도 혼자 목욕을 가면 모르는 형이나 어른들께 등을 밀어달라고 부탁하는 것이 그렇게 어색한 일이 아니었다. 하지만 이제는 서로 짝을 지어 등을 밀어주는 사람들을 보기 힘들다. 사라진 것들 중에서 아쉬운 것이 어디 이것뿐이랴마는 함께 목욕탕에 갈 아들도 없는 나는 가끔 돈을 내고 때를 미는 경우가 아니면 등을 밀 수가 없다. 목욕을 하고도 늘 등이 시원하지 않으니 아쉽기만 하다.

남편이자 아버지로서의 삶을 살아가면서 나는 나의 삶이 어쩐지 나의 등 같다는 생각을 하곤 한다. 늘 생각은 있지만 손이 닿지 않는다는 이유로 인해 어찌 해보기 힘든 존재인 나의 등! "등이 휠 것 같은 삶의 무게여!"의 그 등을 닮은 나의 가련한 등을 위해 살고 싶다는 작은 희망을 품어본다.

나는 나이 들어 지금보다는 더 이기적으로 살 수 있게 되면 미련 없이 서울을 떠나 제주도로 가고 싶다. 제주도는 이미 통과된 제주도특별자치법에 의해 많은 변신이 기대되는 그야말로 특별한 섬이다. 나는 그 섬에 가서 영어가 좀 되는 택시기사가 되어 흰머리 휠휠 날리며 외국인들을 실어나르는 택시기사로 살고 싶다.

10년도 훨씬 전에 인도네시아 발리로 출장을 갔을 때 택시를 타고 섬한 바퀴를 돌아보는데 택시기사가 발리는 더 이상 예전의 발리가 아니라고, 너무 많이 변해서 슬프다고 쓸쓸한 어조로 말했었다. 90년대 초의 발리는 태고의 모습을 간직한 채 이국의 풍취를 맘껏 자랑하고 있었지만 원주민 택시기사의 눈에는 그렇지 않았던 모양이다. 그는 자신들이 달러를 위해 소중한 것을 너무 많이 잃었다고 말했다. 10년, 20년 뒤의 제주도 역시 발리의 택시기사 아저씨 눈에 비쳤던 슬픈 모습이기 쉬울 테고, 글쎄, 그러면 나도 그이처럼 슬픈 대사를 읊조려야 할지도 모르겠지만 말이다.

아니면 제주도에서 자전거 대여점을 해도 재미있을 것 같다. 내 짧은 소견으로는 제주도만큼 자전거 타기에 좋은 지형과 경관을 갖춘 곳도 드물다. 관광산업은 체험이 중요하고 다양한 볼거리와 체험거리를 제공해야 눈길을 모을 테니까 택시 관광과 자전거 하이킹을 함께 묶으면 꽤 돈벌이가 되지 않을까 싶다.

손님이 없는 날에는 마누라와 오름에도 오르고 바닷가 찻집에서 커피도 한 잔 하면서 바다 위로 지는 해를 바라볼 수 있으면 행복하겠다. 가끔씩 육지에서 오는 반가운 손님들과 새벽녘의 바다를 본다는 상상만 해도 무척이나 흥분되곤 한다.

이런저런 생각 끝에 대학 시절 한 여자 후배가 했던 말이 떠오른다. "형은 연애하기에는 괜찮지만, 결혼해서 같이 살기에는 별로야. 여자 고생시킬 거 같거든." 그때도 나이 들면 뭐 할 거냐는 질문에 나는 불가능한 줄 알면서도 이렇게 대답하곤 했다. 리어카를 개조해서 동네 꼬마들 타고 노는 말 자동차 할아버지 될 거라고. 마누라가 싸주는 도시락을 싣고 이 동네 저 동네 돌면서 아이들 푼돈이나 만지작거리겠다고. 호호, 좀 예쁜 엄마가 데려온 아이들은 한 30분 더 타게 해줘야지.

대학 시절 꾸었던 노년의 꿈보다는 제주도를 향한 지금의 꿈이 많이 우아해진 것은 분명하다. 실현가능성 면에서도 그렇다(마누라가 그런 용도로 도시락을 싸주지는 않을 것 같지 않은가).

갑자기 마음이 바빠진다. 그 꿈을 위해서 뭔가 더 해야 될 것 같은 불안감이 마음 한구석에서 스멀스멀 떠오르는 느낌이다. "우리, 세월을 아끼자구."《무위당 장일순의 노자이야기》에 나오는 한 구절이다. 이 구절이 내게는 큰 충격이었다.

세월을 아끼자!라니. 전기나 물도 아니고 용돈도 아니고 도대체 세월을 아끼자니 말이다. 헛된 것에, 진실이 아닌 것에 시간 낭비하지 말라는 말씀이겠지? 바쁘다, 시간이 없다, 라는 말은 늘 입에 달고 살아왔지

삶의 짐은
언제나 무겁기만 할까

만 세월도 아껴야 한다는 생각을, 글쎄 해본 적이 있던가?

세월을 아낀다는 말은 이것을 하지 말고 저것을 추구해야 한다는 뜻을 품고 있을 것이며, 저것을 하기에도 우리에게 주어진 시간은 유한하거늘, 하는 말씀으로 새겨졌다. 그래서 충격이었다.

선택과 집중이라는 얄팍한 효율성을 강조하는 것이 아니지 않은가? 반성을 요구했고 가치관의 전환을 절실히 필요로 했다. 필요한 시점에 필요한 말씀을 주신 그분께 감사할 뿐이다. 간절히 원하건대 죽을 때까지 이 말씀을 잊지 않고 살아갈 수 있으면 하고 빌기도 했다. 사실 "길 위에서, 길을 잃으며 / 저를 찾고 있는 / 망가진 사내 하나"(박영근의 〈겨울비〉 중에서)가 바로 나 아니던가?

그런 반성 끝에 이 나이는 한없이 쑥스러운 것이다. 독일이나 이탈리아 같은 강팀을 만나 전반전은 1:0으로 끝났고, 후반전이 시작된 지 10여 분 경과한 시점이 이 나이이다. 동점이라도 만들 수 있을까 불안한 나이이다. 어렵게 동점이라도 만든다면 '등'의 땀이라도 닦을 최후의 여유라도 주어질 것인가?

아니다. 그건 아니다. 설령 2:0으로 끝난들 어떠랴. 나는 당당히 이 시합에 출전했고, 휘슬이 울릴 때까지 열심히 뛰었다면 그것으로 만족해야 하리라. 더 이상 인생의 승패에 매달리지 말자. 내가 할 수 있는 것은 기권하지 않고 포기하지 않고 이 시합을 마치는 것, 그뿐이다. 어쨌거나 나는 이 시합의 당당한 주전선수 아니었던가?

늙되, 그렇게! 유채림

경기도 개성이 고향인 황순경 할머니는 일제 시대 때 경성사범을 나왔다. 1948년 삼팔선을 넘어 단신으로 월남한 할머니는 방첩대에 끌려가 조사를 받았으나, 경성사범 동문들의 도움으로 풀려났다. 내내 서울에서 살다가 예순도 중반에 이르러 인천 간석동에 있는 주공아파트로 이사했다. 그때가 1980년대 초반으로, 여전히 독신인 할머니는 호구지책 삼아 서울에 있는 보험회사에 다녔다. 아마 최고령 보험설계사가 아니었나 싶다.

내가 그런 할머니를 알게 된 것은 전적으로 나랑 연애하던 그녀 때문이다. 그녀는 할머니가 사는 아파트 맞은편 동에 살았으며 교회에 같이 다녔다. 외로웠던 할머니로서는 좋은 벗을 만난 셈이었다. 두 사람은 같이 붙어 있는 시간이 많았으니, 내가 그녀를 만나기 위해서는 할머니의 집을 찾아야 하는 경우도 그만큼 잦았다. 때문에 나중에는 내가 그녀를 만나기 위해 할머니의 집을 찾는 건지, 할머니를 만나기 위해 그 곳을 찾는 건지 약간 헷갈리기조차 했다.

할머니는 전혀 지루하지 않은 사람이었다. 할머니 자신이 그 옛날 선 망했던 여운형 선생의 얘기를 해주었고, 같은 공산주의 운동가이면서 도 권력욕이 남달랐던 박헌영과 달리 진정한 혁명가였던 이재유의 얘 기도 해주었다. 고향땅 개성의 아름다움을 얘기해주었고, 모을 줄도 알 지만 쓸 줄도 알았던 개성상인의 자존심에 대해서도 얘기해주었다. 그 런가 하면 함석헌 선생을 만난 얘기와 리영희 선생을 만난 얘기를 해줌 으로써 신구의 조화를 적절히 배합할 줄도 알았다.

"함 선생은 뜻밖에도 커피를 좋아하시잖아. 내가 말했지. 선생님과 커피는 왠지 안 어울린다고. 그랬더니 커피만 한 향이 도대체 어디 있 어야 말이지, 그러시잖아."

그런 할머니가 입버릇처럼 내뱉는 말이 있었다.

"전철을 타면 학생들이 자리를 양보해주는데, 난 그게 너무 미안해서 견딜 수가 없어요. 도대체 나이 먹은 것 말고 내가 한 게 무어냐구. 나 같은 인간 때문에 분단을 물려주고, 나 같은 인간 때문에 저런 정권이 들어앉아 젊은 학생들이 고생하고 있는 건데, 도대체 무슨 염치로 자리 를 양보받느냐구? 난 정말 학생들만 보면 고개를 못 들겠어."

할머니는 정말로 뼈아픈 심정이었던지 나와 나의 그녀의 손을 쥐고 하염없이 비벼대곤 했다.

한번은 이런 일도 있었다. 6·10항쟁이 일어나기 얼마 전이었으니 1987년 5월쯤으로 기억된다. 감리교신학대에서 '호헌철폐'를 외치며 각 대학 학생회장들이 단식농성을 할 때였다.

단식농성을 시작한 지 이틀째였던가, 사흘째였던가. 평소 몸 관리를 부실하게 해온 나는 참으로 죽을 맛이었다. 온몸이 불덩이처럼 달아오르는 데다 머리까지 쪼개질 것처럼 쑤셔대 이대로라면 그냥 가겠구나 싶었다. 단식농성의 명제는 간 곳 없고, 오직 되지도 않는 체면만이 남아 있었다. 어디 어디 학생회장은 저렇게 버티고 있는데, 내가 그들만 못해서야 되겠는가. 참으로 체면이 사람 잡는구나 싶었다.

그렇게 남은 진을 무작정 빼고 있는데, 한 여학생이 단식장 안으로 들어와 누워 있는 나를 흔들었다.

"할머니께서 찾아오셨네요. 내려가보시겠어요?"

"할머니? 나, 할머니 안 계시는데……."

나는 말꼬리를 늘어뜨리면서도 그새 자리에서 일어나 느릿느릿 계단을 내려갔다. 이윽고 눈부시게 밝은 현관 앞으로 나갔다.

황순경 할머니가 거기 있었다. 할머니는 내 팔을 잡고는 거의 울상이 되어 말했다.

"죽을 거 같아, 죽을 거 같아. 나 때문에 젊은이들 다 죽겠어. 이를 어쩌면 좋아."

내내 단식을 풀고 싶은 생각밖에 없던 나로서는 당연히 낯이 홧홧거렸다. 하지만 그런 내색을 어디 하겠는가.

늙되,
그렇게!

"이제는 견딜 만해졌어요. 전두환도 목숨 걸었는데, 걸면 같이 걸어 야죠. 어쭙잖게 해서야 눈 하나 꿈쩍하겠어요?"

나는 정말 조선 개가 다 웃을 만큼 비장한 투로 지껄였다. 마치 걱정 하는 할머니를 위로하는 것이 아니라, 할머니의 걱정을 즐기겠다는 투로 말한 것이었다.

할머니는 헤어질 때까지 내 손을 놓지 않았다. 한 시간쯤 지나서야 내가 너무 힘들겠다며 겨우 손을 놓았다. 그리고 곁에 두었던 빵빵한 가방을 열면서 이렇게 말했다.

"초콜릿 사왔어. 아뭇소리 말고 힘들 때마다 조금씩 빨아먹어. 김 아무개는 열흘 단식한다면서 아침저녁으로 달걀프라이 해먹고 그랬다잖아."

할머니는 몇 번씩이나 초콜릿을 빨아먹으라는 당부를 남기고, 보험 들어준다고 한 사람을 만나야 한다면서 총총 자리를 떴다.

농성장으로 돌아온 나는 물론 할머니의 당부대로 초콜릿을 빨아먹었다. 열두어 명의 단식농성자들 모두를 공범으로 만들고자 초콜릿 봉지를 펼쳤으나 아무도 손대지 않았으므로, 나는 자학을 하면서 혼자 빨아먹어야 했다. 그것은 내 인생에서 찜찜한 오점으로 남았다. 이를 만회하느라 후에 감옥에서 단식농성을 할 때 의연히 이겨내기도 했으나, 여전히 그 오점이 가셔진 것은 아니다.

할머니는 1988년 늦여름에 생을 마감했다. 늦은 저녁 퇴근길에 교통

할머니는 전혀 지루하지 않은 사람이었다.
자신이 그 옛날 선망했던 여운형 선생의 얘기를 해주었고,
같은 공산주의 운동가이면서도 권력욕이 남달랐던 박헌영과 달리
진정한 혁명가였던 이재유의 얘기도 해주었다.
고향땅 개성의 아름다움을 얘기해주었고, 모을 줄도 알지만 쓸 줄도 알았던
개성상인의 자존심에 대해서도 얘기해주었다.
그런 할머니가 퇴근길 교통사고로 우리 곁을 떠났다.

사고를 당해 그리 된 것이었다. 누군가에게 폐를 끼치는 것을 못 견뎌 하던 할머니로서는 소원대로 한순간에 깨끗이 가버린 것이었다. 다만 후생(後生)을 가외(可畏)로 여길 줄 알았던 할머니에게 자신 대에서 만든 분단의 아픔을 갈무리하지 못하고 떠난 것은 슬픔이었을 것이다.

그 짐은 고스란히 내 몫이 되었으되, 거대담론이 떠난 시대를 사는 이즈음의 내게 아픔은 있기나 한 것인지. 분단과 실업 양산의 사회까지 고스란히 물림할 형편이면서 오늘의 젊은이들이 보여주는 개인주의에 힐난의 눈길이나 보내고 있는 것은 아닌지.

황순경 할머니처럼 악한 사회의 짐을 떠넘긴 자의 양심이나마 잃지 않은 채로 늙고 싶고, 죽음도 그렇듯 한순간에 맞고 싶다.

아, 잊은 것 하나. 나는 할머니의 마지막 벗이었던 그녀와 결혼했다. 우리들의 결혼식 날, 할머니는 나의 후배들이 따온 진달래꽃 한 움큼을 주단 위에 뿌려주었다.

늙되,
그렇게!

홍창욱 나를 아는 이들에게

　비슷한 연배의 직장 동료들과 이야기해보면 한 가지 공통점을 발견한다. 그것은 미래에 대한 불안이다. 불안의 주제는 직장, 가족 그리고 자신의 건강이다. 나 또한 내 또래들과 별반 다르지 않다. 그 중에 제일 현실감 있는 주제는 건강인 것 같다.

　최근 설악산 공룡능선을 함께 걸으며 술잔을 나누었던 일행 중 한 사람이 스트레스로 인한 간암으로 죽었다는 부고가 날아왔고 또 한 사람은 위암이라고 한다. 남의 일 같지가 않다. 장례식장에서 보았던 영정 사진에 내 모습이 투영된다. 겉보기에는 너무도 건강한 그들이었는데 나도 알 수 없지 않은가?

　직장에서 받는 건강검진이 보름 후로 잡혀 있다. 차라리 안 받고 말까? 그동안 너무 제멋대로 생활해서 자신이 없다. 술자리에서 자기조절이 안 되는 편이라 내 앞에 놓인 술잔을 가만히 바라만 보고 있지를 못한다. 술탐이 있는 것이다. 검진을 앞둔 지금도 송년 술자리가 달력을 가득 채우고 있으니 걱정이다. 어찌 보면 뻔히 알면서 수렁으로 걸어들어가는 참으로 한심한 놈이다.

모아놓은 재산이 대단하게 있는 것도 아니어서 건강을 잃으면 나뿐만 아니라 남은 식구들이 겪을 곤란이 클 것이기에 이 글을 쓰며 해마다 하는 다짐을 또 해본다.

적당하게 운동하고 술을 자제하자. 영화 '바람난 가족'에서 윤여정씨가 읊던 대사 "술 좀 끊어라. 짧은 인생을 맨정신으로 살아야지, 취해 살면 되겠니"를 가슴에 새기면서 술을 작작 좀 마시자.

정기적으로 산행을 하며 모든 사람과의 관계를 소중히 하자. 육체적 건강과 더불어 정신적 건강이 무엇보다 중요함을 깨닫고 남을 미워하거나 탓하지 말자. 건강하게 오래 사는 게 가족을 위한 최고의 저축임을 다시 한 번 자각하자.

그리고 아이들과 많은 시간을 갖자. 내 또래들이 대부분 그렇겠지만 나는 아버지와 놀아본 기억이 거의 없다. 아버지는 돈 벌기에 너무도 바빴기 때문이다.

얼마 전 형광등을 끄고 촛불을 켠 상태에서 온 가족이 식탁에 둘러앉아 서로에게 서운했던 일을 이야기한 적이 있다. 초등학교 3학년인 첫째가 아빠가 축구를 같이 해주기로 해놓고 지키지 않았다며 아빠는 우리한테 약속이 중요하다고 얘기해놓고 왜 아빠가 어기느냐고 했다. 둘

다시 한 번 다짐한다.
지금은 귀찮게 굴어도 조금만 더 크면 내 품을 떠날 아이들.
그들과 즐겁게 지낼 시간이 얼마 남지 않았음을 기억하며
나중에 후회하지 않도록 열심히 놀아주자.
아이들과 캠핑을 가서 맛있는 음식을 직접 해먹고
산으로, 들로 다니며 흙을 열심히 밟도록 하자.
땀을 뻘뻘 흘리며 축구를 하자.
같이 목욕을 하면서 물장난을 치고 자는 아이들의 얼굴에 길게 입맞춤하자.

째가 거든다. 저번에 전쟁놀이 해주기로 약속해놓고 그것도 안 지켰다는 것이다. 마지막으로 네 살 난 막내딸이 우물우물하며 오빠들을 거든다. 막내의 말은 못 알아듣겠지만 하여간 오빠들 편이었다. 아마 약속 전날 과음해서 미뤘던 것 같다.

다시 한 번 다짐한다. 지금은 귀찮게 굴어도 조금만 더 크면 내 품을 떠날 아이들. 그들과 즐겁게 지낼 시간이 얼마 남지 않았음을 기억하며 나중에 후회하지 않도록 열심히 놀아주자. 아이들과 캠핑을 가서 맛있는 음식을 직접 해먹고 산으로, 들로 다니며 흙을 열심히 밟도록 하자. 땀을 뻘뻘 흘리며 축구를 하자. 같이 목욕을 하면서 물장난을 치고 자는 아이들의 얼굴에 길게 입맞춤하자.

아내와 함께 이루고 싶은 꿈도 있다. 둘이 건강하게 즐기면서 살고 싶다. 같이 자전거를 타고서 일산 호수공원을 돌고 우리나라 명산이란 명산은 다 가보고 싶다. 그리고 항공 마일리지를 착실히 모아 유럽으로 배낭여행을 가서 고급 호텔이 아닌 유스호스텔이나 값싼 숙소에 묵으며 젊은이들과 대화를 나누고 그들과 함께 여행하고 싶다. 출가한 아이들이 내 집에 올 때 기쁜 마음으로 올 수 있는 환경을 만들어놓고 손자 손녀들의 재롱에 웃으며 온 가족이 모여 맛있는 음식을 먹고 싶다. 아이들이 한바탕 놀고 간 뒤 허전한 집에서 아내와 함께 어질러진 집을 치우고 아내와 함께 차를 마시고 아내와 함께 잠들고 싶다.

나는 은퇴하면 일산 호수공원에서 일하고 싶다. 호수공원을 관리하는 일도 좋고 일반 노무직이라도 좋다. 일당을 받고 일하면 더할 나위 없이 좋겠지만 무보수라도 좋다. 공원을 찾는 아이들에게 나무와 꽃에 대해서 이런저런 이야기를 들려주는 재미있는 이야기꾼이 되어도 괜찮지 않을까.

아니면 그냥 놀고 싶다. 이 산 저 산 다니며 자연에 흠뻑 취해 그냥 그렇게 직업 없이 살고 싶다. 돈이 문제겠지만!

그리고 인생의 마지막 순간에는 몹쓸 병에 걸려 남은 사람들에게 고통을 주는 일 없이 평화롭게 죽고 싶다. 병원이 아닌 집에서 잠들듯이 죽게 되기를 바라며 내 아내와 아이들이 조용히 임종해주길 바란다. 이 기적인지는 몰라도 내가 아내보다 먼저 갔으면 싶다. 혼자 남아 외로운 시간을 보내야 하는 고통은 너무 싫다.

내 몸은 화장해서 나무 밑에 묻어주길 바라며 훗날 아이들이 그 나무 그늘 아래서 더위를 피해 시원한 바람을 맞으며 편안한 상태에서 나를 기억해주길 바란다. 생을 마감하기 전에 이런 편지 한 장쯤 남겨도 좋겠다.

나를 아는 사람들에게

나는 짧은 인생을 즐겁게 살다가 간다오. 10대 시절 가난 때문에 집이 철거당해 천막을 치고 살 때 그 천막집마저도 망치로 부수던 애꿎은 시청 공무원을 지금은 원망하지 않는다오. 까까머리 중학교 시절 만원버스에서 차장이 흘리는 토큰을 줍기 위해 종로서적 앞을 서성이다 서로 밀치며 주먹다짐까지 벌였던 친구들의 얼굴도 이제는 가물가물하다오. 20대 때 도서관까지 밀고 들어오던 백골단의 최루탄도 지금은 맵지 않다오. 눈 내리는 군 연병장에서 팬티 바람에 머리를 박고 정신통일을 외치게 하다 엉덩이를 걷어차 연달아 쓰러지는 인간 도미노를 보며 낄낄대던 고참들의 군번도 지금은 외지 못한다오. 첫사랑의 실패로 인생의 모든 것이 추락하는 것처럼 느껴졌던 시절 학교 앞 주점에서 밤새 마신 막걸리와 토악질의 냄새도 지금은 나지 않는다오. 밥벌이를 위해 밤새 외웠던 영어 단어들도 지금은 기억이 나지 않는다오. 병원에서 첫애를 봤을 때의 생경함과 청춘이 사라져가는 것 같던 낭패감도 이제는 가물가물하다오. 이불 속에서 세 아이들과 뒹굴며 분탕질을 치다가 아내에게 함께 꾸중 듣던 기억도 작은 웃음과 함께 희미해져간다오.

내가 상처를 주었거나 나에게 상처를 준 사람들이여, 모두 나를 용서해주시오. 나에게 기쁨을 주었거나 내가 기쁨을 주었던 사람들이여, 아름다운 기억으로 간직합시다. 무덤 사이를 걷다가 만나는 묘비에는 신화 같은 삶을 살다 간 사람도 태어난 날과 죽은 날, 단 두세 줄의 문장으로 요약되어 있는데 하물며 필부의 삶으로 끝난 나의 삶이 다를 리 있을까요.

모든 것은 지나가버리는 것임을, 일출의 장엄함도 일몰의 화려함도 모두가 지나가버리는 것임을 이제 나는 안다오. 그래서 후회한다오. 좀 더 많은 사람들을 사랑하고 가까이 지낼걸, 하고 후회한다오. 좀 더 친절을 베풀고

나를 아는
이들에게

웃는 낯으로 대하지 못했음을 후회한다오.

하지만 나를 아는 사람들이여!

나는 그래도 행복하고 재미있게 잘살다 갑니다.